# 人间,是好玩的

季羡林 著

浙江教育出版社·杭州

只 为 优 质 阅 读

好
读
Goodreads

我真觉得,
人生毕竟是非常可爱的,
大地毕竟是非常可爱的。

如果真有一个人，人人都说他好，
这个人很可能是一个极端圆滑的人，
圆滑到琉璃球又能长只脚的程度。

我主张,一个人一生是什么样子,
年轻时怎样,中年怎样,老年又怎样,
都应该如实地表达出来。

---

任何人的一生都是一场搏斗。在这一场搏斗中，
如果没有朋友，则形单影只，鲜有不失败者。
如果有了朋友，则众志成城，鲜有不胜利者。

走运时，要想到倒霉，不要得意过了头；
倒霉时，要想到走运，不必垂头丧气。
心态始终保持平衡，情绪始终保持稳定，此亦长寿之道也。

人人有一本难念的经,
所以我说不完满才是人生。

# 代序

## 晨趣

一抬头，眼前一片金光：朝阳正跳跃在书架顶上玻璃盒内日本玩偶藤娘身上，一身和服，花团锦簇，手里拿着淡紫色的藤萝花，都熠熠发光，而且闪烁不定。

我开始工作的时候，窗外暗夜正在向前走动。不知怎样一来，暗夜已逝，旭日东升。这阳光是从哪里流进来的呢？窗外一棵高大的梧桐树，枝叶繁茂，仿佛张开了一张绿色的网。再远一点，在湖边上是成排的垂柳。所有这一些都不利于阳光的穿透。然而阳光确实流进来了，就流在藤娘身上……

然而，一转瞬间，阳光忽然又不见了，藤娘身上，一片阴影。窗外，在梧桐和垂柳的缝隙里，一块块蓝色的天空。成群的鸽子正盘旋飞翔在这样的天空里，黑影在蔚蓝上面划上了弧线。鸽影落在湖中，清晰可见，好像比天空里的更富有神韵，宛如镜花水月。

朝阳越升越高,透过浓密的枝叶,一直照到我的头上。我心中一动,阳光好像有了生命,它启迪着什么,它暗示着什么。我忽然想到印度大诗人泰戈尔,每天早上对着初升的太阳,静坐沉思,幻想与天地同体,与宇宙合一。我从来没达到这样的境界,我没有这一份福气。可是我也感到太阳的威力,心中思绪腾翻,仿佛也能洞察三界,透视万有了。

现在我正处在每天工作的第二阶段的开头上。紧张地工作了一个阶段以后,我现在想松缓一下,心里有了余裕,能够抬一抬头,向四周,特别是窗外观察一下。窗外风光如旧,但是四季不同:春花,秋月,夏雨,冬雪,情趣各异,动人则一。现在正是夏季,浓绿扑人眉宇,鸽影在天,湖光如镜。多少年来,当然都是这个样子。为什么过去我竟视而不见呢?今天,藤娘身上一点闪光,仿佛照透了我的心,让我抬起头来,以崭新的眼光来衡量一切,眼前的东西既熟悉,又陌生,我仿佛搬到了一个新的地方,把我好奇的童心一下子都引逗起来了。我注视着藤娘,我的心却飞越茫茫大海,飞到了日本,怀念起赠送给我藤娘的室伏千津子夫人和室伏佑厚先生一家来。真挚的友情温暖着我的心……

窗外太阳升得更高了。梧桐树椭圆的叶子和垂柳的尖长的叶子交织在一起,椭圆与细长相映成趣。最上一层阳光照在上面,一片嫩黄;下一层则处在背阴处,一片黑绿。远处的塔影，屹立不动。天空里的鸽影仍然在划着或长或短、或远或近的弧线。再把眼光收回来，则看到里面窗台上摆着的几盆君子兰，深绿肥大的叶子，给我心中增添了绿色的力量。

多么可爱的清晨，多么宁静的清晨！

此时我怡然自得，其乐陶陶。我真觉得，人生毕竟是非常可爱的，大地毕竟是非常可爱的。我有点不知老之已至了。我这个从来不写诗的人心中似乎也有了一点诗意。

此身合是诗人未？

鸽影湖光入目明。

我好像真正成为一个诗人了。

一九八八年十月十三日晨

# 目录

## 辑一　人间自有真情在

我一下子泪流满面，
我知道这是我们的永别，
我俯下身，抱住了它的头，亲了一口。

| 我的家 | 003 |
| 三个小女孩 | 008 |
| 我的老师董秋芳先生 | 017 |
| 寸草心 | 022 |
| 西谛先生 | 032 |
| 一条老狗 | 043 |
| 人间自有真情在 | 053 |

## 辑二 自己的花是让别人看的

在屋子里的时候,自己的花是让别人看的。
走在街上的时候,自己又看别人的花。
人人为我,我为人人。

| 回家 | 059 |
| 两行写在泥土地上的字 | 066 |
| 大轰炸 | 071 |
| 病房杂忆 | 076 |
| 奇石馆 | 087 |
| 我的书斋 | 093 |
| 自己的花是让别人看的 | 096 |

## 辑三 人间，是好玩的

花朵缀满高树枝头，开上去，开上去，
一直开到高空，让我立刻想到
新疆天池上看到的白皑皑的万古雪峰。

| 咪咪 | 101 |
| 咪咪二世 | 107 |
| 槐花 | 109 |
| 雾 | 112 |
| 乌鸦和鸽子 | 116 |
| 马缨花 | 120 |
| 富春江上 | 126 |

## 辑四　做真实的自己

> 人生就是一场拼搏，
> 没有压力，哪儿来的拼搏？

| | |
|---|---|
| 论压力 | 135 |
| 论恐惧 | 138 |
| 漫谈撒谎 | 141 |
| 成功 | 146 |
| 做真实的自己 | 149 |
| 满招损，谦受益 | 151 |
| 做人与处世 | 154 |

## 辑五 一寸光阴不可轻

吃饭穿衣是为了活着,
但是活着绝不是为了吃饭穿衣。

| | |
|---|---|
| 论朋友 | 159 |
| 难得糊涂 | 162 |
| 走运与倒霉 | 165 |
| 漫谈消费 | 168 |
| 毁誉 | 174 |
| 一寸光阴不可轻 | 177 |
| 如何利用时间 | 180 |

## 辑六　不完满才是人生

每个人都争取一个完满的人生。
然而，自古及今，海内海外，
一个百分之百完满的人生是没有的。

| | |
|---|---|
| 人生 | 185 |
| 再谈人生 | 188 |
| 三论人生 | 191 |
| 当时只道是寻常 | 194 |
| 我的座右铭 | 197 |
| 那提心吊胆的一年 | 199 |
| 不完满才是人生 | 206 |

辑一

# 人间自有真情在

# 我的家

我曾经有过一个温馨的家。那时候,老祖和德华都还活着,她们从济南迁来北京,我们住在一起。

老祖是我的婶母,全家都尊敬她,尊称之为老祖。她出身中医世家,人极聪明,很有心计,从小学会了一套治病的手段。有家传治白喉的秘方,治疗这种十分危险的病,十拿十稳,手到病除。因自幼丧母,没人替她操心,耽误了出嫁的黄金时刻,成了一位山东话称为"老姑娘"的人。年近四十,才嫁给了我叔父,做续弦的妻子。她心灵中经受的痛苦之剧烈,概可想见。然而她是一个十分坚强的人,从来没有对人流露过,实际上,作为一个丧母的孤儿,又能对谁流露呢?

德华是我的老伴,是奉父母之命,通过媒妁之言同我结婚的。她只有小学水平,认了一些字,也早已还给老师了。她是一个真正善良的人,一生没有跟任何人闹过对立,发过脾气。她也是自幼丧母的,在她那堂姊妹兄弟众多的、生计十分困难的大家庭里，终日愁米愁面，当然也受过不少的苦，没有母亲这一把保护伞，有苦无处诉，她的青年时代是在愁苦中度过的。

至于我自己，我虽然不是自幼丧母，但是，六岁时就离开母亲，没有母爱的滋味，我尝得透而又透。我大学还没有毕业，母亲就永远离开了我，这使我抱恨终天，成为我的"永久的悔"。我的脾气，不能说是暴躁，而是急躁。想到干什么，必须立即干成，否则就坐卧不安。我还不能说自己是个坏人，因为，除了为自己考虑外，我还能为别人考虑。我坚决反对曹操的"宁教我负天下人，休教天下人负我"。

就是这样的三个人组成了一个家庭。

为什么说是一个温馨的家呢？首先是因为我们家六十年来没有吵过一次架，甚至没有红过一次脸。我想，这即使不能算是绝无仅有，也是极为难能可贵的。把这样一个家庭称为温馨不正是恰如其分吗？其中也不是没有原因的。

我们全家都尊敬老祖，她是我们家的功臣。正当我们家经济濒于破产的时候，从天上掉下一个馅饼来：我获得一个到德国去留学的机会。我并没有什么凌云壮志，只不过是想苦熬两年，镀上一层金，回国来好抢得一只好饭碗，如此而已。焉知两年一变而成了十二年。如果不是老祖苦苦挣扎，摆过小摊，卖过破烂，勉强让——一老，我的叔父；二中，老祖和德华；二小，我的女儿和儿子——能够有一口饭吃，才得渡过灾难，否则，我们家早已家破人亡了。这样一位大大的功臣，我们焉能不尊敬呢？

如果真有"毫不利己，专门利人"的人的话，那就是老祖和德华。她们忙忙碌碌地买菜、做饭，等到饭一做好，她俩却坐在旁边看着我们狼吞虎咽，自己只吃残羹剩饭。这逼得我不得不从内心深处尊敬她们。

我们曾经雇过一个从安徽来的年轻女孩子当小时工。她姓杨，我们都管她叫小杨——是一个十分温顺、诚实、少言寡语的女孩子，她每天在我们家干两小时的活，天天忙得没有空闲时间。我们家的两位女主人经常在午饭的时候送给小杨一个热馒头，夹上肉菜，让她吃了当午饭。她吃完立即到别的人家去干活。有一次，小杨背上长了一个疮，老祖是医生，懂得其中的道理。据她说，疮长在背上，如凸了出来，这是良性的，无大妨碍。如果凹了进去，则是民间所谓的大背疮，古书上称之为疽，是能要人命的。当年范增"疽发背死"，就是这种疮。小杨长的也恰恰是这种疮。于是，小杨每天到我们家来，不是干活，而是治病，主治大夫就是老祖，德华成了助手。天天挤脓、上药，忙完整整两小时，小杨再到别的人家去干活。

最后，奇迹出现了，过了几个月，小杨的疮完全好了。老祖始终没有告诉她这种疮的危险性。小杨离开北京回到安徽老家以后，还经常给我们来信，可见我们家这两位女主人之恩，使她毕生难忘了。

我们的家庭成员，除了"万物之灵"的人以外，还有几只并非"万物之灵"的猫。我们养的第一只猫，名叫虎子，脾气真像老虎，极为暴烈。但是，对我们三个人却十分温顺，晚上经常睡在我的被子上。晚上，我一上床躺下，虎子就和另外一只名叫猫咪的猫，连忙跳上床来，争夺我脚头上那一块地盘，沉沉地压在那里。如果我半夜里醒来，觉得脚头上轻轻的，我知道，两只猫都没有来，这时我往往难再入睡。在白天，我出去散步，两只猫就跟在我后面，我上山，它们也上山；我下来，它们也跟着下来。这成为燕园中一道著名的风景线，名传遐迩。

这难道不是一个温馨的家庭吗？

然而，光阴如电光石火，转瞬即逝。到了今天，人猫俱亡，我们的家庭只剩下了我一个人，形单影只，过了一段寂寞凄苦的生活。

然而，天无绝人之路。隔了不久，我的同事、我的朋友、我的学生，了解到我的情况之后，立刻伸出了爱援之手，使我又萌生了活下去的勇气。其中有一位天天到我家来"打工",为我操吃操穿,读信念报,招待来宾,处理杂务,不是亲属,胜似亲属。让我深深感觉到,人间毕竟是温暖的,生活毕竟是"美丽的"(我讨厌这个词,姑一用之)。如果没有这些友爱和帮助,我恐怕早已登上了八宝山,与人世"拜拜"了。

那些非"万物之灵"的家庭成员如今数目也增多了。我现在有四只纯种的从家乡带来的波斯猫,活泼、顽皮,经常挤入我的怀中,爬上我的脖子。其中一只,尊号"毛毛四世"的小猫,正在爬上我的脖子,被一位摄影家在不到半秒钟的时间抢拍了一个镜头,赫然登在《人民日报》上,受到了许多人的赞扬,成为蜚声猫坛的一只世界名猫。

眼前,虽然我们家只剩下我一个孤家寡人,你难道能说这不是一个温馨的家吗?

二〇〇〇年十一月五日

# 三个小女孩

我生平有一桩怪事：一些孩子无缘无故地喜欢我、爱我；我也无缘无故地喜欢这些孩子，爱这些孩子。如果我以糖果饼饵相诱，引得小孩子喜欢我，那是司空见惯，平平常常，根本算不上什么"怪事"。但是，对我来说，情况却绝对不是这样。我同这些孩子都是偶然相遇，都是第一次见面，我语不惊人，貌不压众，不过是普普通通，不修边幅，常常被人误认为是学校的老工人。这样一个人而能引起天真无邪、毫无功利目的、两三岁以至十一二岁的孩子的欢心，其中道理，我解释不通。我相信，也没有别人能解释通，包括赞天地之化育的哲学家们在内。

我说这是一桩"怪事"，不是恰如其分吗？不说它是"怪事"，又能说它是什么呢？

大约在二十世纪五十年代，当时老祖和德华还没有搬到北京来。我暑假回济南探亲。我的家在南关佛山街。我们家住西屋和北屋，南屋住的是一家姓田的木匠。他有一儿二女，小女儿名叫华子，我们把这个小名又进一步变为爱称："华华"。她大概只有两岁，路走不稳，走起来晃晃荡荡，两条小腿十分吃力，话也说不全。按辈分，她应该叫我"大爷"，但是华华还发不出两个字的音，她把"大爷"简化为"爷"。一见了我，就摇摇晃晃，跑了过来，满嘴"爷""爷"不停地喊着。走到我跟前，一下子抱住了我的腿，仿佛有无限的乐趣。她妈喊她，她置之不理，勉强抱走，她就哭着奋力挣脱。有时候，我在北屋睡午觉，只觉得周围鸦雀无声，恬静幽雅。"北堂夏睡足"，一枕黄粱，猛一睁眼：一个小东西站在我的身旁，大气不出。一见我醒来，立即"爷""爷"，叫个不停。不知道她已经等了多久了。我此时真是万感集心，连忙抱起小东西，连声叫着"华华"。有一次我出门办事，回来走到大门口，华华妈正把她抱在怀里，说想试一试华华，看她怎么办。然而奇迹出现了：华华一看到我，立即用惊人的力量，从妈妈怀里挣脱出来，举起小手，要我抱她。她妈妈说，她早就想到有这种可能，但却没有想到华华挣脱的力量竟是这样惊人地大。大家都大笑不止，然而我却在笑中想流眼泪。有一年，老祖和德华来京小住，后来听同院的人说，在上着锁的西屋门前，天天有两个小动物在那里蹲守：一个是一只猫，一个是已经长到三四岁的华华。"可怜小儿女,不解忆长安。"华华大概还不知道什么北京,不知道什么别离。天天去蹲守,她那天真稚嫩的心灵里,不知是什么滋味,望眼欲穿而不见伊人。她的失望,她的寂寞,大概她自己也说不出,只能意会而不能言传了。

上面是华华的故事。下面再讲吴双的故事。

二十世纪八十年代的某一年,我应邀赴上海外国语大学访问。我的学生吴永年教授十分热情地招待我。学校领导陪我参观,永年带了他的妻子和女儿吴双来见我。吴双有六七岁光景,是一个秀美、文静、伶俐的小女孩。我们是第一次见面,最初她还有点腼腆,叫了一声"爷爷"以后,低下头,不敢看我。但是,我们在校园中走了没有多久,她悄悄地走过来,挽住我的右臂,扶我走路,一直偎依在我的身旁,她爸爸、妈妈都有点吃惊,有点不理解。我当然更是吃惊,更是不理解。一直等到我们参观完了图书馆和许多大楼,吴双总是寸步不离地挽住我的右臂,一直到我们不得不离开学校,不得不同吴双和她爸爸、妈妈分手为止,吴双眼睛中流露出依恋又颇有一点凄凉的眼神。从此,我们就结成了相差六七十岁的忘年交。她用幼稚但却认真秀美的小字写信给我。我给永年写信,也总忘不了吴双。我始终不知道,我有什么地方值得这样一个聪明可爱的小女孩眷恋?

上面是吴双的故事。现在轮到未未了。未未是一个十二岁的小女孩,姓贾,爸爸是延边大学出版社的社长,学国文出身,刚强、正直、干练,是一个决不会阿谀奉承的硬汉子。母亲王文宏,延边大学中文系副教授,性格与丈夫迥乎不同,多愁、善感、温柔、纯朴、感情充沛,用我的话来说,就是:感情超过了需要。她不相信天底下还有坏人,她是个才女,写诗、写小说,在延边地区颇有点名气。研究的专行是美学、文艺理论与禅学,是一个极有前途的女青年学者。十年前,我在北大通过刘烜教授的介绍,认识了她。去年秋季她又以访问学者的名义重返北大,算是投到了我的门下。一年以来,学习十分勤奋。我对美学和禅学,虽然也看过一些书,并且有些想法和看法,写成了文章,但实际上是"野狐谈禅",成不了正道的。蒙她不弃,从我受学,使得我经常觳觫不安,如芒刺在背。也许我那一些内行人决不会说的石破天惊的奇谈怪论,对她有了点用处?连这一点我也是没有自信的。

由于她母亲在北大学习,未未曾于寒假时来北大一次。她父亲也陪着来了。第一次见面,我发现未未同别的年龄差不多的女孩不一样。她面貌秀美,逗人喜爱,但却有点苍白。个子不矮,但却有点弱不禁风。不大说话,说话也是慢声细语。文宏说她是娇生惯养惯了,有点自我撒娇。但我看不像。总之,第一次见面,这个东北长白山下来的小女孩,对我成了个谜。我约了几位朋友,请她全家吃饭。吃饭的时候,她依然是少言寡语。但是,等到出门步行回北大时,却出现了出我意料的事情。我身居师座,兼又老迈,文宏便扶住我的左臂搀扶着我。说老实话,我虽老态龙钟,却还不到非让人搀扶不行的地步。文宏这一番心意我却不能拒绝,索性倚老卖老,任她搀扶。倘若再递给我一个龙头拐杖,那就很有点旧戏台上佘太君或者国画大师齐白石的派头了。然而,正当我在心中暗暗觉得好笑的时候,未未却一步抢上前来,抓住了我的右臂来搀扶住我,并且示意她母亲放松抓我左臂的手,仿佛搀扶我是她的专利,不许别人插手。她这一举动,我确实没有想到。然而,事情既然发生——由它去吧!

过了不久,未未就回到了延吉。适逢今年是我八十五岁生日,文宏在北大虽已结业,却专门留下来为我祝寿。她把丈夫和女儿都请到北京来,同一些在我身边工作了多年的朋友,为我设寿宴。最后一天,出于玉洁的建议,我们一起共有十六人之多,来到了圆明园。圆明园我早就熟悉,六七十年前,当我还在清华大学读书的时候,晚饭后,常常同几个同学步行到圆明园来散步。此时圆明园已破落不堪,满园野草丛生,狐鼠出没,"西风残照,清家废宫",我指的是西洋楼遗址。当年何等辉煌，而今只剩下几个汉白玉雕成的古希腊式的宫门，也都已残缺不全。"牧儿打碎龙碑帽"，虽然不见得真有牧儿，然而情景之凄凉、寂寞，恐怕与当年的明故宫也差不多了。我们当时还都很年轻，不大容易发思古之幽情，不过爱其地方幽静，来散散步而已。

新中国成立后，北大移来燕园，我住的楼房，仅与圆明园有一条马路之隔。登上楼旁小山，遥望圆明园之一角绿树蓊郁，时涉遐想。今天竟然身临其境，早已面目全非，让我连连吃惊，仿佛美国作家Washington Irving（华盛顿·欧文）笔下的Rip Van Winkle（瑞普·凡·温克尔），"山中方七日，世上几千年"，等他回到家乡的时候，连自己的曾孙都成了老爷爷，没有人认识他了。现在我已不认识圆明园了，圆明园当然也不会认识我。园内游人摩肩接踵，多如过江之鲫。而商人们又竞奇斗妍，各出奇招，想出了种种的门道，使得游人如痴如醉。我们当然也不会例外，痛痛快快地畅游了半天，福海泛舟，饭店盛宴。我的"西洋楼"却如蓬莱三山，不知隐藏在何方了？

第二天是文宏全家回延吉的日子。一大早，文宏就带了未未来向我辞行。我上面已经说到，文宏是感情极为充沛的人，虽是暂时别离，她恐怕也会受不了。小肖为此曾在事前建议过：临别时，谁也不许流眼泪。在许多人心目中，我是一个怪人，对人呆板冷漠。但是，真正了解我的人却给我送了一个绰号"铁皮暖瓶"，外面冰冷而内心极热。我自己觉得，这个比喻道出了一部分真理，但是，我现在已届望九之年，我走过阳关大道，也走过独木小桥，天使和撒旦都对我垂青过。一生磨炼，已把我磨成了一个"世故老人"，于必要时，我能够运用一个世故老人的禅定之力，把自己的感情控制住。年轻人、道行不高的人，恐怕难以做到这一点的。

现在，未未和她妈妈就坐在我的眼前。我口中念念有词，调动我的定力来拴住自己的感情，满面含笑，大讲苏东坡的词："人有悲欢离合，月有阴晴圆缺，此事古难全。"又引用俗语："千里搭凉棚，没有不散的筵席。"自谓"口若悬河泻水，滔滔不绝"。然而，言者谆谆，而听者藐藐。文宏大概为了遵守对小肖的诺言，泪珠只停留在眼眶中，间或也滴下两滴。而未未却不懂什么诺言，也不会有什么定力，坐在床边上，一语不发，泪珠仿佛断了线似的流个不停。我那八十多年的定力有点动摇了，我心里有点发慌。连忙强打精神，含泪微笑，送她们母女出门。一走上门前的路，未未好像再也忍不住了，一把抓住了我的胳臂，伏在我怀里，哭了起来。热泪透过了我的衬衣，透过了我的皮肤，热意一直滴到我的心头。我忍住眼泪，捧起未未的脸，说："好孩子！不要难过！我们还会见面的！"未未说："爷爷！我会给你写信的！"我此时的心情，连才尚未尽的江郎也是写不出来的。他那名垂千古的《别赋》中，就找不到对类似我现在的心情的描绘，何况我这样本来无才可尽的俗人呢？我挽着未未的胳臂，送她们母女过了楼西曲径通幽的小桥。又忽然临时顿悟：唐朝人送别有灞桥折柳的故事。我连忙走到湖边，从一棵垂柳上折下了一条柳枝，递到文宏手中。我一直看她们母女俩折过小山，向我招手，直等到连消逝的背影也看不到的时候，才慢慢地走回家来。此时，我再不需要我那劳什子定力，索性让眼泪流个痛快。

三个女孩的故事就讲完了。

还不到两岁的华华为什么对我有这样深的感情，我百思不得其解。

五六岁第一次见面的吴双，为什么对我有这样深的感情，我千思不得其解。

十二岁的下学期才上初中的未未，为什么对我有这样深的感情，我万思不得其解。

然而这都是事实，我没有半个字的虚构。我一生能遇到这样三个小女孩，就算是不虚此生了。

到了今天，华华已经超过四十岁。按正常的生活秩序，她早应该"绿叶成荫"了,不知道她是否还记得我这"爷"?

吴双恐大学已经毕业了,因为我同她父亲始终有联系,她一定还会记得我这样一位"北京爷爷"的。

至于未未,我们离别才几天。我相信,她会遵守自己的诺言给我写信的。而且她父亲常来北京,她母亲也有可能再到北京学习、进修。我们这一次分别,不过是为下一次会面创造条件而已。

像奇迹一般,在八十多年内,我遇到了这样三个小女孩,是我平生一大乐事,一桩怪事。但是人们常说,普天之下,没有无缘无故的爱。可是我这"缘"何在?我这"故"又何在呢?佛家讲因缘,我们老百姓讲"缘分"。虽然我不信佛,从来也不迷信,但是我却只能相信"缘分"了。在我走到那个长满了野百合花的地方之前,这三个同我有着说不出是怎样来的缘分的小姑娘,将永远留在我的记忆中,保留一点甜美,保留一点幸福,给我孤寂的晚年涂上点有活力的色彩。

一九九六年八月

# 我的老师董秋芳先生

难道人到了晚年就只剩下回忆了吗？我不甘心承认这个事实，但又不能不承认。我现在就是回忆多于前瞻。过去六七十年不大容易想到的师友，现在却频来入梦。

其中我想得最多的是董秋芳先生。

董先生是我在济南高中时的国文教员，笔名冬芬。胡也频先生被国民党通缉后离开了高中，再上国文课时来了一位陌生的教员，个子不高，相貌也没有什么惊人之处，一只手还似乎有点毛病，说话绍兴口音颇重，不很容易懂。但是，他的笔名我们却是熟悉的。他翻译过一本苏联小说：《争自由的波浪》，鲁迅先生作序，他写给鲁迅先生的一封长信，我们在报上读过，现在收在《鲁迅全集》中。因此，面孔虽然陌生，但神交却已很久。这样一来，大家处得很好，也自是意中事了。

在课堂上，他同胡先生完全不同。他不讲什么"现代文艺"，也不宣传革命，只是老老实实地讲书，认真小心地改学生的作文。他也讲文艺理论，却不是弗里茨，而是日本厨川白村的《苦闷的象征》《出了象牙之塔》，都是鲁迅先生翻译的。他出作文题目很特别，往往只在黑板上大书"随便写来"四个字，意思自然是，我们愿意写什么，就写什么；愿意怎样写，就怎样写，丝毫不受约束，有绝对的写作自由。

我就利用这个自由写了一些自己愿意写的东西。我从小学经过初中到高中前半，写的都是文言文；现在一旦改变，并没有感到有什么不适应。原因是我看了大量的白话旧小说，对五四以来的新文学作品，鲁迅、胡适、周作人、郭沫若、郁达夫、茅盾、巴金等人的小说和散文几乎读遍了，自己动手写白话文，颇为得心应手，仿佛从来就写白话文似的。

在阅读的过程中，潜移默化，在无意识中形成了自己对写文章的一套看法。这套看法的最初根源似乎是来自旧文学，从《庄子》《孟子》《史记》，中间经过唐宋八大家，一直到明末的公安派和竟陵派，清代的桐城派，都给了我不同程度、不同方式的灵感。这些大家时代不同，风格迥异，但是却有不少共同之处。根据我的归纳，可以归为三点：第一，感情必须充沛真挚；第二，遣词造句必须简练、优美、生动；第三，整篇布局必须紧凑、浑成。三者缺一，就不是一篇好文章。文章的开头与结尾，更是至关重要。后来读了一些英国名家的散文，我也发现了同样的规律。我有时甚至想到，写文章应当像谱乐曲一样，有一个主旋律，辅之以一些小的旋律，前后照应，左右辅助，要在纷纭变化中有统一，在统一中有错综复杂，关键在于有节奏。总之，写文章必须惨淡经营。自古以来，确有一些文章如行云流水，仿佛是信手拈来，毫无斧凿痕迹。但是那是长期惨淡经营终入化境的结果。如果一开始就行云流水，必然走入魔道。

我这些想法形成于不知不觉之中，自己并没有清醒的意识。它也流露于不知不觉之中，自己也没有清醒的意识。有一次，在董先生的作文课堂上，我在"随便写来"的启迪下，写了一篇记述我回故乡奔母丧的悲痛心情的作文。感情真挚，自不待言。在谋篇布局方面却没有意识到有什么特殊之处。作文本发下来了，却使我大吃一惊。董先生在作文本每一页上面的空白处都写了一些批注，不少地方有这样的话："一处节奏""又一处节奏"，等等。我真是如拨云雾见青天："这真是我写的作文吗？"这真是我的作文，不容否认。"我为什么没有感到有什么节奏呢？"这也是事实，不容否认。我的苦心孤诣连自己也没有意识到的，却为董先生和盘托出。知己之感，油然而生。这决定了我一生的活动。从那以后，六十年来我从事研究的是一些稀奇古怪的东西，与文章写作风马牛不相及。但是感情一受到剧烈的震动，所谓"心血来潮"，则立即拿起笔来，写点什么。至今已到垂暮之年，仍然是积习难除，锲而不舍。这同董先生的影响是绝对分不开的。我对董先生的知己之感，将伴我终生。

高中毕业以后，到北京来念了四年大学，又回到母校济南高中教了一年国文，然后在欧洲待了将近十一年，一九四六年才回到祖国。在这长达二十多年的时间里，我一直没有同董秋芳老师通过信，也完全不知道他的情况。二十世纪五十年代初，在民盟的一次会上，完全出我意料之外，我竟见到了董先生，看那样子，他已垂垂老矣。我激动得说不出话来，他也非常激动。但是我平生有一个弱点：不善于表露自己的感情。董先生看来也是如此。我们每个人心里都揣着一把火，表面上却颇淡漠，大有君子之交淡如水之概了。

我平生还有一个弱点，我曾多次提到过，这就是，我不喜欢拜访人。这两个弱点加在一起就产生了致命的后果：我同我平生感激最深、敬意最大的老师的关系，看上去有点若即若离了。

不记得是什么时候了，董先生退休了，离开北京回到了老家绍兴。这时候大概正处在"十年浩劫"期间，我是泥菩萨过江，自身难保。自顾不暇，没有余裕来想到董先生了。

又过一些时候，听说董先生已经作古，乍听之下，心里震动得非常剧烈。一霎时，心中几十年的回忆、内疚、苦痛，蓦地抖动起来。我深自怨艾，痛悔无已。然而已经发生过的事情是无法挽回的。看来我只能抱恨终天了。

我虽然研究佛教，但是从来不相信什么生死轮回，再世转生。可是我现在真想相信一下。我自己屈指计算了一下，我这一辈子基本上是一个善人，坏事干过一点，但并不影响我的功德。下一生，我不敢，也不愿奢望转生为天老爷，但我定能托生为人，不致走入畜生道。董先生当然能转生为人，这不在话下。等我们两个隔世相遇的时候，我相信我的两个弱点经过地狱的磨炼已经克服得相当彻底，我一定能向他表露我的感情，一定常去拜访他，做一个程门立雪的好弟子。然而，这一些都是可能的吗？这不是幻想又是什么呢？"他生未卜此生休。"我怅望青天，眼睛里溢满了泪水。

一九八九年十一月三日

# 寸草心

## 小引

我已至望九之年,在这漫长的生命中,亲属先我而去的,人数颇多。俗话说:"死人生活在活人的记忆里。"先走的亲属当然就活在我的记忆里。越是年老,想到他们的次数越多。想得最厉害的偏偏是几位妇女。因为我是一个激烈的女权卫护者吗?不是的。那么究竟原因何在呢?我说不清。反正事实就是这样,我只能说是因缘和合了。

我在下面依次讲四位妇女。前三位属于"寸草心"的范畴,最后一位算是借了光。

## 大奶奶

我的上一辈,大排行,共十一位兄弟。老大、老二,我叫他们"大大爷""二大爷",他们是同父同母所生,其父亲是个举人,做过一任教谕,官阶未必入流,却是我们庄最高的功名,最大的官,因此家中颇为富有。兄弟俩分家,每人还各得地五六十亩。后来被划为富农。老三、老四、老五、老六、老八、老十,我从未见过,对他们父母生身情况不清楚,因家贫遭灾,闯了关东,黄鹤一去不复归矣。老七、老九、老十一,是同父同母所生,老七是我父亲。我父亲从小父母双亡,我从来没有见过我的祖父母。贫无立锥之地,十一叔被送给了别人,改了姓。九叔也万般无奈被迫背井离乡,流落济南,好歹算是在那里立定了脚跟。我六岁离家,投奔的就是九叔。

所谓"大奶奶",就是举人的妻子。大大爷生过一个儿子,也就是说,大奶奶有过一个孙子。可惜在娶妻生子后就死亡了。我从来没有见过他。因此,在我上一辈的十一人中,男孩子只有我这一个独根独苗。在旧社会"不孝有三,无后为大"的环境中,我成了家中的宝贝,自是意中事。可能还有一些别的原因,在我六岁离家之前,我就成了大奶奶的心头肉,一天不见也不行。

我们家住在村外，大奶奶住在村内。有很长一段时间，我每天早晨一睁眼，滚下土炕，一溜烟就跑到村内，一头扑到大奶奶怀里。只见她把手缩进非常宽大的袖筒里，不知从什么地方拿出半个或四分之一个白面馒头，递给我。当时吃白面馒头叫作吃"白的"，全村能每天吃"白的"的人，屈指可数，大奶奶是其中一个，在季家全家是唯一的一个。对我这个连"黄的"（指小米面和玉米面）都吃不到，只能凑合着吃"红的"（红高粱面）的小孩子，"白的"简直就像是龙肝凤髓，是我一天望眼欲穿地最希望享受到的。

按年龄推算起来，从能跑路到离开家，大约是从三岁到六岁，是我每天必见大奶奶的时期，也是我一生最难忘怀的一段生活。我的记忆中往往闪出一株大柳树的影子。大奶奶弥勒佛似的端坐在一把奇大的椅子上。她身躯胖大，据说食量很大。有一次，家人给她炖了一锅肉。她问家里的人："肉炖好了没有？给我盛一碗拿两个馒头来，我尝尝！"食量可见一斑。可惜我现在怎么样也挖不出吃肉的回忆。我不会没吃过的。大概我的最高愿望也不过是吃点"白的"，超过这个标准，对我就如云天渺茫，连回忆都没有了。

可是我终于离开了大奶奶，以耄耋的高龄，失掉我这块心头肉，大奶奶内心的悲伤，完全可以想象。"可怜小儿女，不解忆长安。"我只有六岁,稍有点不安,转眼就忘了。等我第一次从济南回家的时候,是送大奶奶入土的。从此我就永远失掉了大奶奶。

大奶奶永远活在我的记忆中。

## 我的母亲

我是一个最爱母亲的人,却又是一个享受母爱最少的人。我六岁离开母亲,以后有两次短暂的会面,都是由于回家奔丧,最后一次是分离八年以后,又回家奔丧,这次奔的却是母亲的丧,回到老家,母亲已经躺在棺材里,连遗容都没能见上。从此,人天永隔,连回忆里母亲的面影都变得迷离模糊,连在梦中都见不到母亲的真面目了,这样的梦,我生平不知已有多少次。直到耄耋之年,我仍然频频梦到面目不清的母亲,总是老泪纵横,哭着醒来。对享受母亲的爱来说,我注定是一个永恒的悲剧人物了。奈之何哉!奈之何哉!

关于母亲,我已经写了很多,这里不想再重复。我只想写一件我绝不相信其为真而又热切希望其为真的小事。

在清华大学念书时,母亲突然去世。我从北京赶回济南,又赶回清平,送母亲入土。我回到家里,看到的只是一个黑棺材，母亲的面容再也看不到了。有一天夜里，我正睡在里间的土炕上，十一叔陪着我。中间隔一片枣树林的对门的宁大叔，径直走进屋内，绕过母亲的棺材，走到里屋炕前，把我叫醒，说他的老婆宁大婶"撞客"了——我们那里把鬼附人体叫作"撞客"——撞的客就是我母亲。我大吃一惊，一骨碌爬起来，跌跌撞撞，跟着宁大叔，穿过枣树林，来到他家。宁大婶坐在炕上，闭着眼睛，嘴里却不停地说着话。不是她说话，而是我母亲，一见我（不如说是一"听到我"，因为她没有睁眼），就抓住我的手，说："儿啊！你让娘想得好苦呀！离家八年，也不回来看看我。你知道，娘心里是什么滋味呀！"如此刺刺不休，说个不停。我仿佛当头挨了一棒，懵懵懂懂，不知所措。按理说，听到母亲的声音，我应当号啕大哭。然而，我没有，我似乎又清醒过来。我在潜意识中，连声问着自己：这是可能的吗？这是真事吗？我心里酸甜苦辣，搅成了一锅酱。我对"母亲"说："娘啊！你不该来找宁大婶呀！你不该麻烦宁大婶呀！"我自己的声音传到我自己的耳朵里，一片空虚，一片淡漠。然而，我又不能不这样，我的那一点"科学"起了支配的作用。"母亲"连声说："是啊！是啊！我要走了。"于是宁大婶睁开了眼睛，木然、愕然坐在土炕上。我回到自己家里，看到母亲的棺材，伏在土炕上，一直哭到天明。

我不能相信这是真的,但是希望它是真的。倚闾望子,望了八年,终于"看"到了自己心爱的独子,对母亲来说不也是一种安慰吗?但这是多么渺茫,多么神奇的一种安慰呀!

母亲永远活在我的记忆里。

## 我的婶母

这里指的是我九叔续弦的夫人。第一位夫人,虽然是把我抚养大的,我应当感谢她,但是,留给我的却不都是愉快的回忆。我写不出什么文章。

这一位续弦的婶母,是在一九三五年夏天我离开济南以后才同叔父结婚的,我并没见过她。到了德国写家信,虽然"敬禀者"的对象中也有"婶母"这个称呼,却对我来说是一个空洞的概念,一直到一九四七年,也就是说十二年以后,我从北京乘飞机回济南,才把概念同真人对上了号。

婶母(后来我们家里称她为"老祖")是绝顶聪明的人,也是一个有个性有脾气的人。我初回到家,她是斜着眼睛看我的。这也难怪,结婚十几年了,忽然凭空冒出来了一个侄子。"他是什么人呢?好人?坏人?好不好对付?"她似乎有这样多问号。这是人之常情,不能怪她。

我却对她非常尊敬。她不是个一般的人。在我离家十二年期间，我在欧洲经历了第二次世界大战，她在国内经历了日军占领和抗日战争。我是亲老、家贫、子幼，可是鞭长莫及。有五六年，音讯不通。上有老，下有小，叔父脾气又极暴烈，甚至有点乖戾，极难侍奉。有时候，经济没有来源，全靠她一个人支撑。她摆过烟摊；到小市上去卖衣服、家具；在日军刺刀下去领混合面；骑着马到济南乡里去勘查田地，充当地牙子，赚点钱供家用；靠自己幼时所学的中医知识，给人看病。她以"少妻"的身份，对付难以对付的"老夫"。她的苦心至今还催我下泪。在这万分艰苦的情况下，她没让孙女和孙子失学，把他们抚养成人。总之，一句话，如果没有老祖，我们的家早就完了。我回到家里来也恐怕只能看到一座空房，妻离子散，叔父归天。

我自认还不是一个混人。我极重感情，决不忘恩。老祖的所作所为，我看到眼里，记在心中。回北京以后，给她写了一封长信，称她为"老季家的功臣"。听说，她很高兴。见了自己的娘家人，详细通报。从此，她再也不斜着眼睛看我了，我们两个人之间的关系十分融洽，互相尊重。我们全家都尊敬她，热爱她，"老祖"这一个朴素简明的称号，就能代表我们全家人的心。

叔父去世以后，老祖同我的妻子彭德华从济南迁来北京。我们一起生活了将近三十年，从没有半点龃龉，总是你尊我敬。自从我六岁到济南以后，六十年来，我们家从来没有吵过架，这是极为难得的。我看进入吉尼斯世界纪录，也不为过。老祖到我们家以后，我们能这样和睦，主要归功于她和德华二人，我在其中起的作用，微乎其微。以八十多的高龄，老祖身体健康，精神愉快，操持家务，全都靠她。我们只请了做小时工的保姆。老祖天天背着一个大黑布包，出去采买食品菜蔬，成为朗润园的美谈。老祖是非常满意的，告诉自己的娘家人说："这一家子都是很孝顺的。"可见她晚年心情之一斑。我个人也是非常满意的，我安享了二三十年的清福。老祖以九十岁的高龄离开人世。我想她是含笑离开的。

老祖永远活在我的记忆里。

## 我的妻子

我在上面说过：德华不应该属于"寸草心"的范畴。她借了光，人世间借光的事情也是常有的。

我因为是季家的独根独苗，身上负有传宗接代的重大任务，所以十八岁就结了婚。父母之命，媒妁之言，自不在话下。德华长我四岁。对我们家来说，她真正做到了"毫不利己，专门利人"，一辈子勤勤恳恳，有时候还要含辛茹苦。上有公婆，下有稚子幼女，丈夫十几年不在家。公公又极难伺候，家里又穷，经济朝不保夕。在这些年，她究竟受了多少苦，她只是偶尔对我流露一点，我实在说不清楚。

德华天资不是太高，只念过小学，大概能认千八百字。当我念小学的时候，我曾偷偷地看过许多旧小说，什么《西游记》《封神演义》《彭公案》《施公案》《济公传》《七侠五义》《小五义》等都看过。当时这些书对我来说是"禁书"，叔叔称之为"闲书"。看"闲书"是大罪状，是绝对不允许的。但是，不但我，连叔父的女儿秋妹都偷偷地看过不少。她把小说中常见的词"飞檐走壁"念成"飞胆（膽）走壁"，一时传为笑柄。可是，德华一辈子也没有看过任何一部小说，别的书更谈不上了。她没有给我写过一封信，她根本拿不起笔来。到了晚年，连早年能认的千八百字也都大半还给了老师，剩下的不太多了。因此，她对我一辈子搞的这一套玩意儿根本不知道是什么东西，有什么意义，她似乎从来也没有想知道过。在这方面，我们俩毫无共同的语言。

在文化方面，她就是这个样子。然而，在道德方面，她却是超一流的。上对公婆，她真正尽上了孝道；下对子女，她真正做到了慈母应做的一切；中对丈夫，她绝对忠诚，绝对服从，绝对爱护。她是一个极为难得的孝顺媳妇，贤妻良母。她对待任何人都是忠厚诚恳，从来没有说过半句闲话。她不会撒谎，我敢保证，她一辈子没有说过半句谎话。如果中国将来要修《二十几史》，而其中又有什么"妇女列传"或"闺秀列传"的话，她应该榜上有名。

一九六二年，老祖同德华从济南搬到北京来，我过单身汉生活数十年，现在总算是有了一个家。这也是德华一生的黄金时期，也是我一生最幸福的时候。我们家里和睦相处，你尊我让，从来没有吵过嘴。有时候家人朋友团聚，食前方丈，杯盘满桌，烹饪往往由她们二人主厨。饭菜上桌，众人狼吞虎咽，她们俩却往往是坐在一旁，笑眯眯地看着我们吃，脸上流露出极为怡悦的表情。对这样的家庭，一切赞誉之词都是无用的，都会黯然失色的。

我活到了八十多，参透了人生真谛。人生无常，无法抗御。我在极端的快乐中，往往心头闪过一丝暗影：天下无不散的筵席。我们家这一出十分美满的戏，早晚会有煞戏的时候。果然，老祖先走了。去年德华又走了。她也已活到超过米寿，她可以瞑目了。

德华永远活在我的记忆里。

# 西谛先生

西谛先生不幸逝世，到现在已经有二十多年了。听到飞机失事的消息时，我正在莫斯科。我仿佛当头挨了一棒，惊愕得说不出话来。我是震惊多于哀悼，惋惜胜过忆念，而且还有点惴惴不安。当我登上飞机回国时，同一架飞机中就放着西谛先生等六人的骨灰盒。我百感交集。当时我的心情之错综复杂可想而知。从那以后，在这样漫长的时间内，我不时想到西谛先生。每一想到，都不禁悲从中来。到了今天，震惊、惋惜之情已逝，而哀悼之意弥增。这哀悼，像烈酒，像火焰，燃烧着我的灵魂。

倘若论资排辈的话，西谛先生是我的老师。二十世纪三十年代初期，我在清华大学读西洋文学系，但是从小学起，我对中国文学就有浓厚的兴趣。西谛先生是燕京大学中国文学系的教授，在清华兼课，我曾旁听过他的课。在课堂上，西谛先生是一个渊博的学者，掌握大量的资料，讲起课来，口若悬河泄水，滔滔不绝。他那透过高度的近视眼镜从讲台上向下看挤满了教室的学生的神态，至今仍宛然如在目前。

当时的教授一般都有一点所谓"教授架子"。在中国话里，"架子"这个词同"面子"一样，是难以捉摸、难以形容描绘的，好像非常虚无缥缈，但它又确实存在。有极少数教授自命清高，但精神和物质待遇却非常优厚。在他们心里，在别人眼中，他们好像是高人一等，不食人间烟火，而实则饱餍粱肉，进可以攻，退可以守，其中有人确实也是官运亨通，青云直上，成了羡慕的对象。存在决定意识，因此就产生了架子。

这些教授的对立面就是我们学生。我们的经济情况有好有坏，但是不富裕的占大多数，然而也不至于挨饿。我当时就是这样一个学生。处境相同，容易引起类似同病相怜的感情；爱好相同，又容易同声相求。因此，我就有了几个都是爱好文学的伙伴，经常在一起，其中有吴组缃、林庚、李长之，等等。虽然我们所在的系不同，但却常常会面，有时在工字厅大厅中，有时在大礼堂里，有时又在荷花池旁"水木清华"的匾下。我们当时都才二十岁左右，阅世未深，尚无世故，正是天不怕、地不怕的时候。我们经常高谈阔论，臧否天下人物，特别是古今文学家，直抒胸臆，全无顾忌。幼稚恐怕是难免的，但是没有一点框框，却也有可爱之处。我们好像是《世说新语》中的人物，任性纵情，毫不矫饰。我们谈论《红楼梦》，我们谈论《水浒传》，我们谈论《儒林外史》，每个人都努力发一些怪论，"语不惊人死不休"。记得茅盾的《子夜》出版时，我们间曾掀起一场颇为热烈的大辩论，我们辩论的声音在工字厅大厅中回荡。但事过之后，谁也不再介意。我们有时候也把自己写的东西，什么诗歌之类，拿给大家看，而且自己夸耀哪句是神来之笔，一点也不脸红。现在想来，好像是别人干的事，然而确实是自己干的事，这样的率真只在那时候能有，以后只能追忆珍惜了。

在当时的社会上，封建思想弥漫，论资排辈好像是天经地义。一个青年要想出头，那是非常困难的。如果没有奥援，不走门子，除了极个别的奇才异能之士外，谁也别想往上爬。那些少数出身于名门贵阀的子弟，他们丝毫也不担心，毕业后爷老子有的是钱，可以送他们出洋镀金，回国后优缺美差在等待着他们。而绝大多数的青年经常为所谓"饭碗问题"担忧，我们也曾为"毕业即失业"这一句话吓得发抖。我们的一线希望就寄托在教授身上。在我们眼中，教授简直如神仙中人，高不可攀。教授们自然也是感觉到这一点的，他们之所以有架子，同这种情况是分不开的。我们对这种架子已经习以为常，不以为怪了。

我就是在这样的气氛中认识西谛先生的。

最初我当然对他并不完全了解。但是同他一接触，我就感到他同别的教授不同，简直不像是一个教授。在他身上，看不到半点教授架子。他也没有一点论资排辈的恶习。他自己好像并不觉得比我们长一辈，他完全是以平等的态度对待我们。他有时就像一个大孩子，不失其赤子之心。他说话非常坦率，有什么想法就说了出来，既不装腔作势，也不以势吓人。他从来不想教训人，任何时候都是亲切和蔼的。当时流行在社会上的那种帮派习气，在他身上也找不到。只要他认为有一技之长的，不管是老年、中年还是青年，他都一视同仁。

因此，我们在背后就常常说他是一个宋江式的人物。他当时正同巴金、靳以主编一个大型的文学刊物《文学季刊》，按照惯例是要找些名人来当主编或编委的。这样可以给刊物镀上一层金，增加号召力量。他确实也找了一些名人，但是像我们这样一些无名又年轻之辈，他也绝不嫌弃。我们当中有的人当上了主编，有的人当上特别撰稿人。自己的名字都煌煌然印在杂志的封面上，我们难免有些沾沾自喜。西谛先生对青年人的爱护，除了鲁迅先生外，恐怕并世无两。说老实话，我们有时候简直感到难以理解，有点受宠若惊了。

在这样的情况下，我们既景仰他学问之渊博，又热爱他为人之亲切平易，于是就很愿意同他接触。只要有机会，我们总去旁听他的课，有时也到他家去拜访他。记得在一个秋天的夜晚，我们几个人步行，从清华园走到燕园。他的家好像就在今天北大东门里面大烟筒下面。现在时过境迁，房子已经拆掉，沧海桑田，面目全非了。但是在当时给我的印象却是异常美好，至今难忘的。房子是旧式平房，外面有走廊，屋子里有地板，我的印象是非常高级的住宅。屋子里排满了书架，都是珍贵的红木做成的，整整齐齐地摆着珍贵的古代典籍，都是人间瑰宝，其中明清小说、戏剧的收藏更在全国首屈一指。屋子的气氛是优雅典丽的，书香飘拂在画栋雕梁之间。我们都狠狠地羡慕了一番。

总之，我们对西谛先生是尊敬的，是喜爱的。我们在背后常常谈到他，特别是他那些同别人不同的地方，我们更是津津乐道。背后议论人当然并不能算是美德，但是我们一点恶意都没有，只是觉得好玩而已。比如他的工作方式，我们当时就觉得非常奇怪。他兼职很多，常常奔走于城内城外。当时交通还不像现在这样方便。清华、燕京，宛如一个村镇，进城要长途跋涉。校车是有的，但非常少，有时候要骑驴，有时候坐人力车。西谛先生挟着一个大皮包，总是装满了稿子，鼓鼓囊囊的。他戴着深度的眼镜，跨着大步，风尘仆仆，来往于清华、燕京和北京城之间。我们在背后说笑话，说郑先生走路就像一只大骆驼。可是他一坐上校车，就打开大皮包拿出稿子，写起文章来。

据说他买书的方式也很特别。他爱书如命，认识许多书贾，一向不同书贾讲价钱，只要有好书，他就留下，手边也不一定就有钱偿付书价，他留下以后，什么时候有了钱就还账，没有钱就用别的书来对换。他自己也印了一些珍贵的古籍，比如《插图本中国文学史》《玄览堂丛书》之类。他有时候也用这些书去还书债。书贾愿意拿什么书，就拿什么书。他什么东西都喜欢大，喜欢多，出书也有独特的气派，与众不同。所有这一切我们也都觉得很好玩，很可爱。这更增加我们对他的敬爱。在我们眼中，西谛先生简直像长江大河，汪洋浩瀚；泰山华岳，庄严敦厚。当时的某一些名人同他一比，简直如小水洼、小土丘一般，有点微末不足道了。

但是时间只是不停地逝去，转瞬过了四年，大学要毕业了。清华大学毕业以后，我回到故乡去，教了一年高中。我学的是西洋文学，教的却是国文，用现在的话说，就是"不结合业务"，因此心情并不很愉快。在这期间，我还同西谛先生通过信。他当时在上海，主编《文学》。我寄过一篇散文给他，他立即刊登了。他还写信给我，说他编了一个什么丛书，要给我出一本散文集。我没有去搞，所以也没有出成。过了一年，我得到一份奖学金，到很远的一个国家里去住了十年。从全世界范围来看，这正是一个天翻地覆的时代。在国内，有外敌入侵，大半个祖国变了颜色。在国外，正在进行着第二次世界大战。我在国外，挨饿先不必说，光是每天躲警报，就真够呛。杜甫的诗："烽火连三月，家书抵万金。"我的处境是"烽火连十年，家书无从得"。同西谛先生当然失去了联系。

一直到了一九四六年的夏天，我才从国外回到上海。去国十年，漂洋万里，到了那繁华的上海，连个落脚的地方都没有。我曾在克家的榻榻米上睡过许多夜。这时候，西谛先生也正在上海。我同克家和辛笛去看过他几次，他还曾请我们吃过饭。他的老母亲亲自下厨房做福建菜，我们都非常感动，至今难以忘怀。当时上海反动势力极为猖獗，郑先生在他们的对立面。他主编一个争取民主的刊物，推动民主运动。反动派把他也看作眼中钉，据说是列入了黑名单。有一次，我同他谈到这个问题。完全出乎我的意料，他的面孔一下子红了起来，怒气冲冲，声震屋瓦，流露出极大的义愤与轻蔑。几十年来他给我的印象是和蔼可亲，平易近人，光风霁月，菩萨慈眉。我万万没有想到，他还有另一面：疾恶如仇，横眉冷对，疾风迅雷，金刚怒目。原来我只是认识了西谛先生的一面，对另一面我连想都没有想过。现在总算比较完整地认识西谛先生了。

有一件事情，我还要在这里提一下。我在上海时曾告诉郑先生，我已应北京大学之聘，担任梵文讲座。他听了以后，喜形于色，他认为，在北京大学教梵文简直是理想的职业。他对梵文学的重视和喜爱溢于言表。一九四八年，他在他主编的《文艺复兴·中国文学研究专号》的《题辞》中写道："关于梵文学和中国文学的血脉相通之处，新近的研究呈现了空前的辉煌。北京大学成立了东方语文学系，季羡林先生和金克木先生几位都是对梵文学有深刻研究的……在这个专号里，我们邀约了王重民先生、季羡林先生、万斯年先生、戈宝权先生和其他几位先生写这个'专题'。我们相信，这个工作一定会给国内许多研究工作者以相当的感奋的。"西谛先生对后学的鼓励之情洋溢于字里行间。

解放后不久，西谛先生就从上海绕道香港到了北京。我们，都熬过了寒冬，迎来了春天，又在这文化古都见了面，分外高兴。又过了不久，他同我都参加了新中国开国后派出去的第一个大型文化代表团，到印度和缅甸去访问。在国内筹备工作进行了半年多，在国外和旅途中又用了四五个月。我认识西谛先生已经几十年了，这一次是我们相聚最长的一次，我认识他也更清楚了，他那些优点也表露得更明显了。我更觉得他像一个不失其赤子之心的大孩子，胸怀坦荡，耿直率真。他喜欢同人辩论，有时也说一些歪理。但他自己却一本正经，他同别人抬杠而不知是抬杠。我们都开玩笑说，就抬杠而言，他已达到出神入化的境界，应该选他为"抬杠协会主席"，简称之为"杠协主席"。出国前在检查身体的时候，他糖尿病已达到相当严重的程度，有几个"+"号。别人替他担忧，他自己却丝毫不放在心上，喝酒吃点心如故。他那豁达大度的性格，在这里也表现得非常鲜明。

回国以后，我经常有机会同他接触。他担负的行政职务更重了。有一段时间，他在北海团城里办公，我有时候去看他，那参天的白皮松给我留下了难忘的印象。这时候他对书的爱好似乎一点也没有减少。有一次他让我到他家去吃饭，他像从前一样，屋里堆满了书，大都是些珍本的小说、戏剧、明清木刻，满床盈案，累架充栋。一谈到这些书，他自然就眉飞色舞。我心里暗暗地感到庆幸和安慰，我暗暗地希望西谛先生能够这样活下去，多活上许多年，多给人民做一些好事情……

但是正当他充满了青春活力，意气风发，大踏步走上前去的时候，好像一声晴天霹雳，西谛先生不幸过早地离开我们了。他逝世时的情况是什么样子，谁也说不清楚。我时常自己描绘，让幻想驰骋。我知道，这样幻想是毫无意义的，但是自己无论如何也排除不掉。过了几年就爆发了"文化大革命"，我同许多人一样被卷了进去。在以后的将近十年中，我是如临深渊，如履薄冰，天天在战战兢兢地过日子，想到西谛先生的时候不多。间或想到他，心里也充满了矛盾：一方面希望他能活下来，另一方面又庆幸他没有活下来，否则他一定也会同我一样戴上种种的帽子，说不定会关进牛棚。他不幸早逝，反而成了塞翁失马了。

现在，恶贯满盈的"四人帮"终于被打倒了。普天同庆，朗日重辉。但是痛定思痛，我想到西谛先生的次数反而多了起来。将近五十年前的许多回忆，清晰的、模糊的、整齐的、零乱的，一齐涌入我的脑中。西谛先生的一举一动，一颦一笑，时时奔来眼底。我越是觉得前途光明灿烂，就越希望西谛先生能够活下来。像他那样的人，我们是多么需要啊！他一生为了保存祖国的文化，付出了多么巨大的劳动！如果他还能活到现在，那该有多好！然而已经发生的事情是永远无法挽回的。"念天地之悠悠"，我有时甚至感到有点凄凉了。这同我当前的环境和心情显然是有矛盾的，但我无论如何也抑制不住自己。我常常不由自主地低吟起江文通的名句来：

　　春草暮兮秋风惊，秋风罢兮春草生；

绮罗毕兮池馆尽,琴瑟灭兮丘垄平。

自古皆有死,莫不饮恨而吞声。

呜呼!生死事大,古今同感。西谛先生只能活在我们回忆中了。

一九八〇年一月八日初稿<br>
一九八一年二月二日修改

# 一条老狗

自己也不知道是什么原因,我总会不时想起一条老狗来。在过去七十年的漫长的时间内,不管我是在国内,还是在国外,不管我是在亚洲、在欧洲、在非洲,一闭眼睛,就会不时有一条老狗的影子在我眼前晃动,背景是在一个破破烂烂的篱笆门前,后面是绿苇丛生的大坑,透过苇丛的疏隙处,闪亮出一片水光。

这究竟是怎么一回事呢?

无论用多么夸大的词句,也决不能说这一条老狗是逗人喜爱的。它只不过是一条最普普通通的狗,毛色棕红,灰暗,上面沾满了碎草和泥土,在乡村群狗当中,无论如何也显不出一点特异之处,既不凶猛,又不魁梧。然而,就是这样一条不起眼的狗却揪住了我的心,一揪就是七十年。

因此,话必须从七十年前说起。当时我还是一个不谙世事的毛头小伙子,正在清华大学读西洋文学系二年级。能够进入清华园，是我平生最满意的事情，日子过得十分惬意。然而，好景不长。有一天，是在秋天，我忽然接到从济南家中打来的电报，只有四个字："母病速归。"我仿佛是劈头挨了一棒，脑筋昏迷了半天。我立即买好了车票，登上开往济南的火车。

我当时的处境是，我住在济南叔父家中，这里就是我的家，而我母亲却住在清平官庄的老家里。整整十四年前，我六岁的那一年，也就是一九一七年，我离开了故乡，也就是离开了母亲，到济南叔父处去上学。我上一辈共有十一位叔伯兄弟，而男孩却只有我一个。济南的叔父也只有一个女孩，于是，在表面上我就成了一个宝贝蛋。然而真正从心眼里爱我的只有母亲一人，别人不过是把我看成能够传宗接代的工具而已。这一层道理一个六岁的孩子是无法理解的。可是离开母亲的痛苦我却是理解得又深又透的。到了济南后第一夜，我生平第一次不在母亲怀抱里睡觉，而是孤身一个人躺在一张小床上，我无论如何也睡不着，我一直哭了半夜。这是怎么一回事呀！为什么把我弄到这里来了呢？"可怜小儿女，不解忆长安。"母亲当时的心情，我还不会去猜想。现在追忆起来，她一定会是肝肠寸断，痛哭绝不止半夜。现在，这已成了一个万古之谜，永远也不会解开了。

从此我就过上了寄人篱下的生活。我不能说，叔父和婶母不喜欢我，但是，我唯一被喜欢的资格就是我是一个男孩。对不是亲生的孩子同自己亲生的孩子，感情必然有所不同，这是人之常情，用不着掩饰，更用不着美化。我在感情方面不是一个麻木的人，一些细微末节，我体会极深。常言道，没娘的孩子最痛苦。我虽有娘，却似无娘，这痛苦我感受得极深。我是多么想念我故乡里的娘呀！然而，天地间除了母亲一个人外有谁真能了解我的心情我的痛苦呢？因此，我半夜醒来一个人偷偷地在被窝里吞声饮泣的情况就越来越多了。

在整整十四年中，我总共回过三次老家。第一次是在我上小学的时候，为了奔大奶奶之丧而回家的。大奶奶并不是我的亲奶奶，但是从小就对我疼爱异常。如今她离开了我们，我必须回家，这似乎是天经地义的事情。这一次我在家只住了几天，母亲异常高兴，自在意中。第二次回家是在我上中学的时候，原因是父亲卧病。叔父亲自请假回家，看自己共过患难的亲哥哥。这次在家住的时间也不长。我每天坐着牛车，带上一包点心，到离我们村相当远的一个大地主兼中医的村里去请他，到我家来给父亲看病，看完再用牛车送他回去。路是土路，坑洼不平，牛车走在上面，颠颠簸簸，来回两趟，要用去差不多一整天的时间。至于医疗效果如何呢？那只有天晓得了。反正父亲的病没有好，也没有变坏。叔父和我的时间都是有限的，我们只好先回济南了。过了没有多久，父亲终于走了。十一叔到济南来接我回家。这是我第三次回家，同第一次一样，专为奔丧。在家里埋葬了父亲，又住了几天。现在家里只剩下了母亲和二妹两个人。家里失掉了男主人，一个妇道人家怎样过那种只有半亩地的穷日子，母亲的心情怎样，我只有十一二岁，当时是难以理解的。但是，我仍然必须离开她到济南去继续上学。在这样万般无奈的情况下，但凡母亲还有不管是多么小的力量，她也决不会放我走的。可是，她连一丝一毫的力量也没有。她一字不识，一辈子连个名字都没有能够取上，做了一辈子"季赵氏"。到了今天，父亲一走，她怎样活下去呢？她能给我饭吃吗？不能的，决不能的。母亲心内的痛苦和忧愁，连我都感觉到了。最后，她只能眼睁睁地看着自己最亲爱的孩子离开了自己，走了，走了。谁会知道，这是她最后一次看到自己的儿子呢？谁会知道，这也是我最后一次见到母亲呢？

回到济南以后，我由小学而初中，由初中而高中，由高中而到北京来上大学，在长达八年的过程中，我由一个混混沌沌的小孩子变成了一个青年人，知识增加了一些，对人生了解得也多了不少。对母亲当然仍然是不断想念的。但在暗中饮泣的次数少了，想的是一些切切实实的问题和办法。我梦想，再过两年，我大学一毕业，由于出身一个名牌大学，抢一只饭碗是不成问题的。到了那时候，自己手头有了钱，我将首先把母亲迎至济南。她才四十来岁，今后享福的日子多着哩。

可是我这一个奇妙如意的美梦竟被一张"母病速归"的电报打了个支离破碎。我现在坐在火车上，心惊肉跳，忐忑难安。哈姆雷特问的是：to be or not to be①，我问的是母亲是病了，还是走了？我没有法子求签占卜，可我又偏想知道个究竟，我于是自己想出了一套占卜的办法。我闭上眼睛，如果一睁眼我能看到一根电线杆，那母亲就是病了；如果看不到，就是走了。当时火车速度极慢，从北京到济南要走十四五个小时。就在这样长的时间内，我闭眼又睁眼反复了不知多少次。有时能看到电线杆，则心中一喜；有时又看不到，心中则一惧。到头来也没能得出一个肯定的结果。我到了济南。

到了家中，我才知道，母亲不是病了，而是走了。这消息对我真如五雷轰顶，我昏迷了半晌，躺在床上哭了一天，水米不曾沾牙。悔恨像大毒蛇直刺入我的心窝。在长达八年的时间内，难道你就不能在任何一个暑假内抽出几天时间回家看一看母亲吗？二妹在前几年也从家乡来到了济南，家中只剩下母亲

---

① 意为：生存还是毁灭。

一个人，孤苦伶仃，形单影只，而且又缺吃少喝，她日子是怎么过的呀！你的良心和理智哪里去了？你连想都不想一下吗？你还能算得上是一个人吗？我痛悔自责，找不到一点能原谅自己的地方。我一度想到自杀，追随母亲于地下。但是，母亲还没有埋葬，不能立即实行。在极度痛苦中我胡乱诌了一副挽联：

一别竟八载，多少次倚间怅望，眼泪和血流，迢迢玉宇，高处寒否？

为母子一场，只留得面影迷离，入梦浑难辨，茫茫苍天，此恨曷极！

对仗谈不上，只不过想聊表我的心情而已。

叔父婶母看着苗头不对，怕真出现什么问题，派马家二舅陪我还乡奔丧。到了家里，母亲已经成殓，棺材就停放在屋子中间。只隔一层薄薄的棺材板，我竟不能再见母亲一面，我与她竟是人天悬隔矣。我此时如万箭钻心，痛苦难忍，想一头撞死在母亲棺材上，被别人死力拽住，昏迷了半天，才醒转过来。抬头看屋中的情况，真正是家徒四壁，除了几只破椅子和一只破箱子以外，什么都没有。在这样的环境中，母亲这八年的日子是怎样过的，不是一清二楚了吗？我又不禁悲从中来，痛哭了一场。

现在家中已经没了女主人，也就是说，没有了任何人。白天我到村内二大爷家里去吃饭，讨论母亲的安葬事宜。晚上则由二大爷亲自送我回家。那时村里不但没有电灯，连煤油灯也没有。家家都点豆油灯，用棉花条搓成灯捻，只不过是有点微弱的亮光而已。有人劝我，晚上就睡在二大爷家里，我执意不肯。让我再陪母亲住上几天吧。在茫茫百年中，我在母亲身边只住过六年多，现在仅仅剩下了几天，再不陪就真正抱恨终天了。于是，二大爷就亲自提一个小灯笼送我回家。此时，万籁俱寂，宇宙笼罩在一片黑暗中，只有天上的星星在眨眼，仿佛闪出一丝光芒。全村没有一点亮光，没有一点声音。透过大坑里芦苇的疏隙闪出一点水光。走近破篱笆门时，门旁地上有一团黑东西，细看才知道是一条老狗，静静地卧在那里。狗们有没有思想，我说不准，但感情的确是有的。这一条老狗几天来大概是陷入困惑中——天天喂我的女主人怎么忽然不见了？它白天到村里什么地方偷一点东西吃，立即回到家里来，静静地卧在篱笆门旁。见了我这个小伙子，它似乎感到我也是这家的主人，同女主人有点什么关系，因此见到了我并不咬我，有时候还摇摇尾巴，表示亲昵。那一天晚上我看到的就是这一条老狗。

我孤身一个人走进屋内,屋中停放着母亲的棺材。我躺在里面一间屋子里的大土炕上,炕上到处是跳蚤,它们勇猛地向我发动进攻。我本来就毫无睡意,跳蚤的干扰更加使我难以入睡了。我此时孤身一人陪伴着一具棺材。我是不是害怕呢?不,一点也不。虽然是可怕的棺材,但里面躺的人却是我的母亲。她永远爱她的儿子,是人,是鬼,都决不会改变的。

正在这时候,在黑暗中,外面走进来一个人,听声音是对门的宁大叔。在母亲生前,他帮助母亲种地,干一些重活,我对他真是感激不尽。他一进屋就高声说:"你娘叫你哩!"我大吃一惊:母亲怎么会叫我呢?原来宁大婶"撞客"了,撞着的正是我母亲。我赶快起身,走到宁家。在平时这种事情我是绝对不会相信的,此时我却心慌意乱了。只听从宁大婶嘴里叫了一声:"喜子呀!娘想你啊!"我虽然头脑清醒,然而却泪流满面。娘的声音,我八年没有听到了。这一次如果是从母亲嘴里说出来的,那有多好啊!然而却是从宁大婶嘴里,但是听上去确实像母亲当年的声音。我信呢,还是不信呢?你不信能行吗?我糊里糊涂地如醉似痴地走了回来。在篱笆门口,地上黑黢黢的一团,是那一条忠诚的老狗。

我又躺在炕上,无论如何也睡不着了,两只眼睛望着黑暗，仿佛能感到自己的眼睛在发亮。我想了很多很多，八年来从来没有想到的事，现在全想到了。父亲死了以后，济南的经济资助几乎完全断绝，母亲就靠那半亩地维持生活，她能吃得饱吗？她一定是天天夜里躺在我现在躺的这一个土炕上想她的儿子，然而儿子却音信全无。她不识字，我写信也无用。听说她曾对人说过："如果我知道一去不回头的话，我无论如何也不会放他走的！"这一点我为什么过去一点也没有想到过呢？古人说："树欲静而风不止，子欲养而亲不待。"现在这两句话正应在我的身上，我亲自感受到了；然而晚了，晚了，逝去的时光不能再追回了！"长夜漫漫何时旦？"我盼天赶快亮。然而，我立刻又想到，我只是一次度过这样痛苦的漫漫长夜，母亲却度过了将近三千次。这是多么可怕的一段时间啊！在长夜中，全村没有一点灯光，没有一点声音，黑暗仿佛凝结成为固体，只有一个人还瞪大了眼睛在玄想，想的是自己的儿子。伴随她的寂寥的只有一个动物，就是篱笆门外静卧的那一条老狗。想到这里，我无论如何也不敢再想下去了；如果再想下去的话，我不知道会出现什么样的情况。

母亲的丧事处理完，又是我离开故乡的时候了。临离开那一座破房子时，我一眼就看到那一条老狗仍然忠诚地趴在篱笆门口，见了我，它似乎预感到我要离开了，它站了起来，走到我跟前，在我腿上擦来擦去，对着我尾巴直摇。我一下子泪流满面，我知道这是我们的永别，我俯下身，抱住了它的头，亲了一口。我很想把它抱回济南，但那是绝对办不到的。我只好一步三回首地离开了那里，眼泪向肚子里流。

到现在这一幕已经过去了七十年，我总是不时想到这一条老狗。女主人没了，少主人也离开了，它每天到村内找点东西吃，究竟能够找多久呢？我相信，它决不会离开那个篱笆门口的，它会永远趴在那里的，尽管脑袋里也会充满了疑问。它究竟趴了多久，我不知道，也许最终是饿死的。我相信，就是饿死，它也会死在那个破篱笆门口，后面是大坑里透过苇丛闪出来的水光。

我从来不信什么轮回转生，但是，我现在宁愿信上一次。我已经九十岁了，来日苦短了。等到我离开这个世界以后，我会在天上或者地下什么地方与母亲相会，趴在她脚下的仍然是这一条老狗。

二〇〇一年五月二日

# 人间自有真情在

前不久,我写了一篇短文《园花寂寞红》,讲的是楼右前方住着的一对老夫妇,男的是中国人,女的是德国人。他们在德国结婚后,移居中国,到现在已将近半个世纪了。哪里想到,一夜之间男的突然死去。他天天侍弄的小花园,失去了主人。几朵仅存的月季花,在秋风中颤抖,挣扎,苟延残喘,浑身凄凉、寂寞。

我每天走过那个小花园也感到凄凉、寂寞。我心里总在想:到了明年春天,小花园将日益颓败,月季花不会再开。连那些在北京只有梅兰芳家才有的大朵的牵牛花,在这里也将永远永远地消逝了。我的心情很沉重。

昨天中午,我又走过这个小花园,看到那位接近米寿的德国老太太在篱笆旁忙活着。我走近一看,她正在采集大牵牛花的种子。这可真是件新鲜事。我在这里住了三十年,从来没有见到她侍弄过花。我曾满腹疑团:德国人一般都是爱花的,这老太太真有点个别。可今天她为什么也忙着采集牵牛花的种子呢？她老态龙钟，罗锅着腰，穿一身黑衣裳，瘦得像一只螳螂。虽然采集花种不是累活，她干起来也是够呛的。我问她，采集这个干什么？她的回答极简单："我的丈夫死了，但是他爱的牵牛花不能死！"

我心里一亮，一下子顿悟出来了一个道理。她男人死了，一儿一女都在德国，老太太在中国可以说是举目无亲。虽然说是入了中国籍，但是在中国将近半个世纪，中国话说不了十句，中国饭吃不惯。她好像是中国社会水面上的一滴油，与整个社会格格不入，平常只同几个外国人和中国留德学生来往，显得很孤单。我常开玩笑说：她是组织上入了籍，思想上并没有入。到了此时，老头已去，儿女在外，返回德国，正其时矣。她却偏偏不走。道理何在呢？我百思不得其解。现在，一个非常偶然的机会让我看到她采集大牵牛花的种子。我一下子明白了：这一切都是为了死去的丈夫。

丈夫虽然走了，但是小花园还在，十分简陋的小房子还在。这小花园和小房子拴住了她那古老的回忆，长达半个世纪的甜蜜的回忆。这是他俩共同生活过的地方。为了忠诚于对丈夫的回忆，她不肯离开，不忍离开。我能够想象，她在夜深人静时，独对孤灯。窗外小竹林的窸窣声穿窗而入，屋后土山上草丛中秋虫哀鸣。此外就是一片寂静。丈夫在时，她知道对面小屋里还睡着一个亲人，使自己不会感到孤独。然而现在呢，那个人突然离开自己，走了，永远永远地走了。茫茫天地，好像只剩下自己孤零一人。人生至此，将何以堪！设身处地，如果我处在她的位置上，我一定会马上离开这里，回到自己的祖国，同儿女在一起，度过余年。

然而，这一位瘦得像螳螂似的老太太却偏偏不走，偏偏死守空房，死守这一个小花园。我知道：这一切都是为了死去的丈夫。

这位看似柔弱实极坚强的老太太，已经走到了人生的尽头。这一点恐怕她比谁都明白。然而她并未绝望，并未消沉。她还是浑身洋溢着生命力，在心中对未来还充满了希望。她还想到明年春天，她还想到牵牛花，她眼前一定不时闪过春天小花园杂花竞芳的景象。谁看到这种情况会不受到感动呢？我想，牵牛花而有知，到了明年春天，虽然男主人已经不在了，但它一定会精神抖擞，花朵一定会开得更大，更大，颜色一定会更鲜，更艳。

一九九二年九月二十日

辑二

# 自己的花
# 是让别人看的

# 回家

从医院里捡回来了一条命，终于带着它回家来了。

由于自己的幼稚、固执、迷信"疥癣之疾"的说法，竟走到了上阎王爷那里去报到的地步。也许是因为文件盖的图章不够数，或者红包不够丰满，被拒收，又溜达回来，住进了三〇一医院。这一所医德、医术、医风三高的医院，把性命奇迹般地还给了我，给了我一次名副其实的新生。

现在我回家来了。

什么叫家？以前没有研究过。现在忽然提了出来，仍然是回答不上来。要说家是比较长期居住的地方，那么，在欧洲游荡了几百年的吉卜赛人住在流动不居的大车上，这算不算家呢？

我现在不想仔细研究这种介乎形而上学和形而下学之间的学问，还是让我从医院说起吧。

这一所医院是全国著名的，称之为超一流，是完全名副其实的。我相信，即使最爱挑剔的人也绝不会挑出什么毛病来。从医疗设备到医生水平，到病房的布置，到服务态度，到工作效率，等等，无不尽如人意。就是这样一个地方，我初搬入的时候，心情还浮躁过一阵，我想到我那在燕园垂杨深处的家，还有我那盈塘的季荷和小波斯猫。但是住过一阵之后，我的心情平静了，我觉得住在这里就像是住在天堂乐园里一般。一个个穿白大褂的护士小姐都像是天使，幸福就在这白色光芒里闪烁。我过了一段十分愉快的生活。约摸一个月以后，病情已经快达到了痊愈的程度。虽然我的生活仍然十分甜美，手脚上长出来的丑类已经完全消灭，笔墨照舞照弄不误，我的心情却无端又浮躁起来。我想到，此地"信美非吾土"。我又想到了我那盈塘的季荷和小波斯猫。我要回家了。

　　回到朗润园的时候，已是黄昏时分。韩愈诗："黄昏到寺蝙蝠飞。"我现在是"黄昏到园蝙蝠飞"。空中确有蝙蝠飞着。全园还没有到灯火辉煌的程度。在薄暗中，盈塘荷花的绿叶显不出绿色，只是灰蒙蒙的一片。独有我那小波斯猫，不知是从什么地方窜了出来，坐下惊愕了一阵，认出了是我，立即跳了上来，在我的两腿间蹭来蹭去，没完没了。它好像是要说："老伙计呀！你可是到哪里去了？叫我好想呀！"我一进屋，它立即跳到我的怀里，无论如何，也不离开。

第二天早晨，我照例四点多起床。最初，外面还是一片黢黑，什么东西也看不清。不久，东方渐渐白了起来，天蒙蒙亮了。早晨锻炼的人开始出来了。一个穿红衣服的小伙子跑步向西边去了。接着就从西边走来了那一位挺着大肚子的中年妇女，跟在后面距离不太远的是那一位寡居的教授夫人。这些人都是我天天早上必先见到的人物，今天也不例外。一恍神，我好像根本没有离开过这里。在医院里的四十六天，好像在宇宙间根本没有存在过，在时间上等于一个零。

等到天光大亮的时候，我仔细观察我的季荷。此时，绿盖满塘，浓碧盈空，看了令人精神为之一振。"心有灵犀一点通"，中国人相信人心是能相通的。我现在却相信，荷花也是有灵魂的，它与人心也能相通的。我的荷花掐指一算，我今年当有新生之喜；于是憋足了劲要大开一番，以示庆祝。第一朵花正开在我的窗前，是想给我一个信号。孤零零的一大朵红花，朝开夜合，确实带给了我极大的欢悦。可是荷花万没有想到——连我自己都没有想到嘛，我突然住进了医院。听北大到医院来看我的人说，荷花先是一朵，后是几朵，再后是十几朵，几十朵，上百朵，超过一百朵，开得盈塘盈池，红光照亮了朗润园，成了燕园中一道亮丽的风景线。可惜我在医院里不能亲自欣赏，只有躺在那里玄想了。

我把眼再略微抬高了一点，看到荷塘对岸的万众楼，依然雕梁画栋，金碧辉煌。楼名是我题写的。因为楼是西向的，我记得过去只有在夕阳返照中才能看清楚那三个金光闪闪的大字。今天，朝阳从楼后升起，楼前当然是黑的；但不知什么东西把阳光反射了回去，那三个大字正处在光环中，依然金光闪闪。这是极细微的小事，但是，我坐在这里却感到有无穷的逸趣。

与万众楼隔塘对峙的是一座小山，出我的楼门，左拐走十余步就能走到。记得若干年前，一到深秋，山上的树丛叶子颜色一变，地上的草一露枯黄相，就给人以萧瑟凄清的感觉，这正是悲秋的最佳时刻。后来栽上了丰花月季，据说一年能开花十个月。前几年，一个初冬，忽然下起了一场大雪。小山上的树枝都变成了赤条条毫无牵挂。长在地上的东西都被覆盖在一片茫茫的白色之下。令我吃惊的是，我瞥见一枝月季，从雪中挺出，顶端开着一朵小花，鲜红浓艳，傲雪独立。它仿佛带给我了灵感，带给我了活力，带给我了无穷无尽的希望。我一时狂欢不能自禁。

小山上，树木丛杂，野草遍地，是鸟类的天堂。当前全世界人口爆炸，人与鸟兽争夺生存空间。燕园这一大片地带，如果从空中往下看的话，一定是一片浓绿，正是鸟类所垂青的地方。因此，这里的鸟类相对来说是比较多的。每天早晨，最先出现的往往是几只喜鹊，在山上塘边树枝间跳来跳去，兴高采烈。接着出场的是成群的灰喜鹊，也是在树枝间蹦蹦跳跳，兴高采烈。到了春天，当然会有成群的燕子飞来助兴。此时，啄木鸟也必然飞来凑趣，把古树敲得砰砰作响，好像要给这一场万籁齐鸣的音乐会敲起鼓点。空中又响起了布谷鸟清脆的鸣声，由远到近，又由近到远，终于消逝在太空中。我感到遗憾的是，以前每天都看到乌鸦从城里飞向远郊，成百，上千，黑压压一片。今天则片影无存了。我又遗憾见不到多少麻雀。二十世纪五十年代被无端定为四害之一的麻雀，曾被全国人民群起而攻之，酿成了举世闻名的闹剧。现在则濒于灭绝。在小山上偶尔见到几只，灰头土脑，然而却惊为奇宝了。

幼时读唐诗，读了"西塞山前白鹭飞""两个黄鹂鸣翠柳，一行白鹭上青天"，曾向往白鹭上青天的境界，只是没有亲眼看见过。一直到一九五一年访问印度，曾在从加尔各答乘车到国际大学的路上，在一片浓绿的树木和荷塘上面的天空里，才第一次看到白鹭上青天的情景，顾而乐之。第二次见到白鹭是在前几年游广东佛山的时候。在一片大湖的颇为遥远的对岸上绿树成林,树上都开着白色的大花朵。最初我真以为是花。然而不久却发现,有的花朵竟然飞动起来,才知道不是花朵而是白鸟。我又顾而乐之。其实就在我入医院前不久,我曾瞥见一只白鸟从远处飞来,一头扎进荷叶丛中,不知道在里面鼓捣了些什么,过了许久,又从另一个地方飞出荷叶丛,直上青天,转瞬就消逝得无影无踪了。我难道能不顾而乐之吗?

现在我仍然枯坐在临窗的书桌旁边,时间是回家的第二天早上。我的身子确实没有挪窝,但是思想却活跃异常。我想到过去,想到眼前,又想到未来,甚至神驰万里想到了印度。时序虽已是深秋,但是我的心中却仍是春意盎然。我眼前所看到的,脑海里所想到的东西,无一不笼罩上一团玫瑰般的嫣红,无一不闪出耀眼的光芒。记得小时候常见到贴在大门上的一副对联:"万物静观皆自得,四时佳兴与人同。"现在朗润园中的万物——鸟兽虫鱼,花草树木,无不自得其乐。连这里的天都似乎特别蓝,水都似乎特别清。眼睛所到之处,无不令我心旷神怡;思想所到之处,无不令我逸兴遄飞。我真觉得,大自然特别可爱,生命特别可爱,人类特别可爱,一切有生无生之物特别可爱,祖国特别可爱,宇宙万物无有不可爱者。欢喜充满了三千大千世界。

现在我十分清醒地意识到,我是带着捡回来的新生回家来了。

我的家是一个温馨的家。

二〇〇二年十月十四日

# 两行写在泥土地上的字

夜里有雷阵雨,转瞬即停。"薄云疏雨不成泥",门外荷塘岸边,绿草坪畔,没有积水,也没有成泥,土地只是湿漉漉的。一切同平常一样,没有什么特异之处。

我早晨出门,想到外面呼吸点新鲜空气,这也同平常一样,并没有什么特异之处。然而,我的眼睛一亮,蓦地瞥见塘边泥土地上有一行用树枝写成的字:

季老好　九八级日语

回头在临窗玉兰花前的泥土地上也有一行字:

来访　九八级日语

我一时懵然,莫名其妙。还不到一瞬间,我恍然大悟:

九八级是今年的新生。今天上午，全校召开迎新大会；下午，东方学系召开迎新大会。在两大盛会之前，这一群（我不知道准确数目）从未谋面的十七八九岁的男女大孩子，先到我家来，带给我无法用言语形容的这一番深情厚谊。但他们恐怕是怕打扰我，便想出了这一个惊人的、匪夷所思的办法，用树枝把他们的深情写在了泥土地上。他们估计我会看到的，便悄然离开了我的家门。

我果然看到他们留下的字了。我现在已经望九之年，我走过的桥比这一帮大孩子走过的路还要长，我吃过的盐比他们吃过的面还要多，自谓已经达到了"悲欢离合总无情"的境界。然而，今天，我一看到这两行写在泥土地上的字，我却真正动了感情，眼泪一下子涌出了眼眶，双双落到了泥土地上。

我是一个平凡的人，生平靠自己那一点勤奋，做出了一点微不足道的成绩。对此我并没有多大信心。独独对于青年，我却有自己一套看法。我认为，我们中年人或老年人，不应当一过了青年阶段，就忘记了自己当年穿开裆裤的样子，好像自己一下生就老成持重，对青年总是横挑鼻子竖挑眼。我们应当努力理解青年，同情青年，帮助青年，爱护青年。不能要求他们总是四平八稳，总是温良恭俭让。我相信，中国青年都是爱国的，爱真理的。即使有什么"逾矩"的地方，也只能耐心加以劝说，惩罚是万不得已而为之的。一个国家，一个民族，如果对自己的青年失掉了信心，那它就失掉了希望，失掉了前途。我常常这样想，也努力这样做。在风和日丽时是这样，在阴霾蔽天时也是这样。这要不要冒一点风险呢？要的。但我人微言轻，人小力薄，除了手中的一支圆珠笔以外，就只有嘴里那三寸不烂之舌，除了这样做以外，也没有别的办法。

大概就由于这些情况，再加上我的一些所谓文章，时常出现在报纸杂志上，有的甚至被选入中学教科书，于是普天下青年男女颇有知道我的姓名的。青年们容易轻信，他们认为报纸杂志上所说的都是真实的，就轻易对我产生了一种好感，一种情意。我现在几乎每天都能收到全国各地，甚至穷乡僻壤的边远地区青少年们的来信，大中小学生都有。他们大概认为我无所不能，无所不通，而又颇为值得信赖，向我提出各种各样的问题，有的简直石破天惊，有的向我倾诉衷情。我想，有的事情他们对自己的父母也未必肯讲的，比如想轻生自杀之类，他们却肯对我讲。我读到这些书信，感动不已。我已经到了风烛残年，对人生看得透而又透，只等造化小儿给我的生命画上句号。然而这些素昧平生的男女大孩子的信，却给我重新注入了生命的活力。苏东坡的词说："谁道人生无再少？门前流水尚能西。休将白发唱黄鸡。"我确实有"再少"之感了，这一切我都要感谢这些男女大孩子。

东方学系九八级日语专业的新生，一定就属于我在这里所说的男女大孩子们。他们在五湖四海的什么中学里，读过我写的什么文章，听到过关于我的一些传闻，脑海里留下了我的影子。所以，一进燕园，赶在开学之前，就迫不及待地把自己那一份情意，用他们自己发明出来的也许从来还没有被别人使用过的方式，送到了我的家门口来，惊出了我的两行老泪。我连他们的身影都没有看到，我看到的只是清塘里面的荷叶。此时虽已是初秋，却依然绿叶擎天，水影映日，满塘一片浓绿。回头看到窗前那一棵玉兰，也是翠叶满枝，一片浓绿。绿是生命的颜色，绿是青春的颜色，绿是希望的颜色，绿是活力的颜色。这一群男女大孩子正处在平常人们所说的绿色年华中，荷叶和玉兰叶所象征的正是他们。我想，他们一定已经看到了绿色的荷叶和绿色的玉兰叶，他们的影子一定已经倒映在荷塘的清水中。虽然是转瞬即逝，连他们自己也未必注意到。可他们与这一片浓绿真可以说是相得益彰，溢满了活力，充满了希望，将来左右这个世界的，决定人类前途的正是这一群年轻的男女大孩子。他们真正让我"再少"，他们在这方面的力量绝不亚于我在上面提到的那些全国各地青少年的来信，我虔心默祷——虽然我并不相信——造物主能从我眼前的八十七岁中抹掉七十年,把我变成一个十七岁的少年,使我同他们一起学习,一起娱乐,共同分享普天下的凉热。

一九九八年九月二十五日

# 大轰炸

然而来了大轰炸。

战争已经持续了三四年。最初一两年，英美苏的飞机也曾飞临柏林上空，投掷炸弹。但那时技术水平还相当低，炸弹只能炸坏高层楼房的最上一两层，下面炸不透。因此每一座高楼都有的地下室就成了全楼的防空洞，固若金汤，人们待在里面，不必担忧。即使上面中了弹，地下室也只是摇晃一下而已。德国法西斯头子都是说谎专家、吹牛皮大王，这一件事他们也不放过。他们在广播里报纸上，嘲弄又加吹嘘，说盟军的飞机是纸糊的，炸弹是木制的，德国的空防系统则是铜墙铁壁。政治上比较天真的德国人民，哗然唱和，全国一片欢腾。

然而曾几何时，盟军的轰炸能力陡然增强。飞来的次数越来越多，每一次飞机的数目也越增越多。不但白天来，夜里也能来。炸弹穿透力量日益提高，由穿透一两层提高到穿透七八层，最后十几层楼也抵挡不住。炸弹由楼顶穿透到地下室，然后爆炸，此时的地下室就再无安全可言了。我离开柏林不久，英国飞机白天从西向东飞，美国飞机晚上从东向西飞，在柏林"铺起了地毯"。所谓"铺地毯"是此时新兴的一个名词，意思是，飞机排成了行列，每隔若干米丢一颗炸弹，前后左右，不留空隙，就像客厅里铺地毯一样。到了此时，法西斯头子王顾左右而言他，以前的牛皮仿佛根本没有吹过，而老实的德国人民也奉陪健忘，再也不提什么纸糊木制了。

哥廷根是个小城，最初盟国飞机没有光临。到了后来，大城市已经炸遍，有的是接二连三地炸，小城市于是也蒙垂青。哥廷根总共被炸过两次，都是极小规模的，铺地毯的光荣没有享受到。这里的人民普遍大意，全城没有修筑一个像样的防空洞。一有警报，就往地下室里钻。灯光管制还是相当严的。每天晚上，在全城一片黑暗中，不时有"Licht aus！"（灭灯！）的呼声喊起，回荡在夜空中，还颇有点诗意哩。有一夜，英国飞机光临了，我根本无动于衷，拥被高卧。后来听到炸弹声就在不远处，楼顶上的窗子已被震碎。我一看不妙，连忙狼狈下楼，钻入地下室里。心里自己念叨着：以后要多加小心了。

第二天早起进城，听到大街小巷都是清扫碎玻璃的哗啦哗啦声。原来是英国飞机开了一个不大不小的玩笑：它们投下的是气爆弹，目的不在伤人，而在震碎全城的玻璃。它们只在东西城门处各投一颗这样的炸弹，全城的玻璃大部分都被气流摧毁了。

万没有想到，我在此时竟碰到一件怪事。我正在哗啦声中沿街前进，走到兵营操场附近，从远处看到一个老头，弯腰屈背，仔细看什么。他手里没有拿着笤帚之类的东西，不像是扫玻璃的。走到跟前，我才认清，原来是德国飞机制造之父、蜚声世界的流体力学权威普兰特尔（Prandtl）教授。我赶忙喊一声："早安，教授先生！"他抬头看到我，也说了声："早安！"他告诉我，他正在看操场周围的一段短墙，看炸弹爆炸引起的气流是怎样摧毁这一段短墙的。他嘴里自言自语："这真是难得的机会！我的流体力学实验室里是无论如何也装配不起来的。"我陡然一惊，立刻又肃然起敬。面对这样一位抵死忠于科学研究的老教授，我还能说些什么呢？

无独有偶。我听说，在南德慕尼黑城，在一天夜里，盟军大批飞机飞临城市上空，来"铺地毯"。正在轰炸高峰时，全城到处起火。人们都纷纷从楼上往楼下地下室或防空洞里逃窜，急急如漏网之鱼。然而独有一个老头却反其道而行之，他是从楼下往楼顶上跑，也是健步如飞，急不可待。他是一位地球物理学教授。他认为，这是极其难得的做实验的机会，在实验室里无论如何也不会有这样的现场：全城震声冲天，地动山摇。头上飞机仍在盘旋，随时可能有炸弹掉在他的头上。然而他全然不顾，宁愿为科学而舍命。对于这样的学者，我又有什么话好说呢？

大轰炸就这样在全国展开。德国人民怎样反应呢？法西斯头子又怎样办呢？每次大轰炸之后，德国人在地下室或防空洞里蹲上半夜，饥寒交迫，担惊受怕，情绪当然不会高。他们天性不会说怪话，至于有否腹诽，我不敢说。此时，法西斯头子立即宣布，被炸城市的居民每人增加"特别分配"一份，咖啡豆若干粒，还有一点别的什么。外国人不在此列。不了解当时德国情况的人，无法想象德国人对咖啡偏爱之深。有一本杂志上有一幅漫画：一只白金戒指，上面镶的不是宝石，不是金刚钻，而是一粒咖啡豆。可见咖啡身价之高。挨过一次炸，正当接近闹情绪的节骨眼上，忽然皇恩浩荡，几粒咖啡豆从天而降，一杯下肚，精神焕发，又大唱德国必胜的滥调了。

在哥廷根第一次被轰炸之后，我再也不敢麻痹大意了。只要警笛一响，我立即躲避。到了后来，英国飞机几乎天天来。用不着再在家里恭候防空警报了。我吃完早点，就带着一个装满稿子的皮包，走上山去，躲避空袭。另外还有几个中国留学生加入了这个队伍，各自携带着认为有价值的东西，走向山中。最奇特的是刘先志和滕菀君两夫妇携带的东西，他们只提着一只篮子，里面装的一非稿子，二非食品，而是一只乌龟。提起此龟，大有来历，还必须解释几句。原来德国由于粮食奇缺，不知道从哪一个被占领的国家运来了一大批乌龟，供人食用。但是德国人吃东西是颇为保守的，对于这一批敢同兔子赛跑的勇士，有点见而生畏，哪里还敢往肚子里填！于是德国政府又大肆宣扬乌龟营养价值之高，引经据典，还不缺少统计图表，证明乌龟肉简直赛过仙丹醍醐。刘氏夫妇在柏林时买了这只乌龟。但看到它笨拙的躯体，灵活的小眼睛，一时慈上心头，不忍下刀，便把它养了起来。又从柏林带到哥廷根，陪我们天天上山，躲避炸弹。我们仰卧在绿草上，看空中英国飞机编队飞过哥廷根上空，一躺往往就是几个小时。在我们身旁绿草丛中，这一只乌龟瞪着小眼睛，迈着缓慢的步子，仿佛想同天空中飞驰的大东西，赛一个你输我赢一般。我们此时顾而乐之，仿佛现在不是乱世，而是乐园净土，天空中带着死亡威胁的飞机的嗡嗡声，霎时间变成了阆苑仙宫的音乐，我们忘掉了周围的一切，有点忘乎所以了。

# 病房杂忆

住到全国最有名的医院之一——三〇一医院的病房里来，已经两年多了。要说有什么致命的大病，那不是事实。但是，要说一点病都没有，那也不是事实。一个人活到了九十五岁而一点病都没有，那不成了怪事了吗？我现在的处境是，有一点病而享受一个真正病人的待遇，此我的心之所以不能安也。

我今年已经九十五岁，几乎等于一个世纪，而过去这一个世纪，又非同寻常。光是世界大战，就打过两次。虽然第一次没有打到中国来，但是，中国人民也没有少受罪。在第二次世界大战期间，日本人乘机占领了中国大片土地，烧杀掳掠，无所不用其极。以致杀人成山，流血成河，中国人民陷入空前的灾难中。

此后是一个长达几十年的漫长的时间过程。

盼星星，

盼月亮，

盼到东方出太阳，

盼到狗年旺旺旺，

盼到我安然坐在这大病房中，光亮又宽敞。

现在我的回忆特别活跃。上下五千年，纵横十万里，旮旮旯旯，我无所不忆。回忆是一种思想活动。大家都知道，思想这玩意儿，最无羁绊，最无阻碍，这可以说是思想的特点和优点。胡适之先生提倡"大胆的假设，小心的求证"。这话是绝对没有错的。假设越大胆越好，求证越小心越好。这都是思维活动。世界科学之所以能够进步，就是因为有这种精神。

是不是思想活动要有绝对的自由呢？关于这个问题，大概有不同意见。中国过去，特别是在古典小说中，有时候把思想活动称为心猿。一部《西游记》的主角是孙悟空，就是一只猴子。这一只猴子，本领极大，法力无边。他从花果山造反，打上天宫，视天兵天将如草芥。连众神之主的玉皇大帝，他都不放在眼中，玉皇为了安抚他，把他请上天去，封他为弼马温。他嫌官小，立即造反，大闹天宫，把天宫搞得一塌糊涂。结果惊动了西天佛祖、南海菩萨，使用了大法力，把猴子制服，压在五行山下，等待唐僧取经时，才放他出来，成为玄奘的大弟子。又怕他恶性难改，在他头上箍上了一圈铁箍。又把紧箍咒教给了唐僧。一旦猴子猴性发作，唐僧立即口中念念有词，念起紧箍咒来。猴头上的铁箍随之紧缩起来，猴子疼痛难忍，于是立即改恶向善，成为一只服从师父教导的好猴子。

写到这里，我似乎听到了批评的意见：你不是写病房杂忆吗？怎么漫无边际，写到了紧箍咒和孙行者身上来了？这不是离题万里了吗？我考虑了一下，敬谨答曰：没有离题。即使离的话，也只有一里。那九千九百九十九里，是你硬加到我头上来的。我不过想说，任何人，任何社会，都必须有紧箍意识。法院和警察局固然有紧箍的意义，连大马路上的红绿灯不也有紧箍的作用吗？

绕了一个小弯子，让我们回到我们的原题上：病房杂忆。"杂"者，乱七八糟之谓也。既然是乱七八糟，更需要紧箍的措施。我们必须在杂中求出不杂的东西，求出一致的东西。决不能让回忆这玩意儿忽然而天也，忽然而地也，任意横行。我们必须把它拴在一根柱子上。我现在坐在病房里就试着拴几根柱子。目前先拴两根。

# 一、小姐姐

回想起来，已经是八十年前的事情了。那时，我们家住在济南南关佛山街柴火市。我们住前院，彭家住后院。彭家二大娘有几个女儿和男孩子。小姐姐就是二大娘的二女儿。比我大，所以称之为姐姐；但是大不了几岁，所以称之为小姐姐。

我现在一闭眼，就能看到小姐姐不同凡俗标致的形象。中国旧时代赞扬女性美有许多词句。什么沉鱼落雁，什么闭月羞花。这些陈词滥调，用到小姐姐身上，都不恰当，都有点可笑。倒是宋词里面有一些丽词秀句，可供参考。我在下面举几个例子：

苏东坡《江城子》：

腻红匀脸衬檀唇，
晚妆新，暗伤春。
手捻花枝，谁会两眉颦？

苏东坡《雨中花慢》：

嫩脸羞蛾,

因甚化作行云,

却返巫阳。

苏东坡《三部乐》:

美人如月。

乍见掩暮云,

更增妍绝。

算应无恨,

安用阴晴圆缺。

苏东坡《鹧鸪天》:

罗带双垂画不成,

㜼人娇态最轻盈。

酥胸斜抱天边月,

玉手轻弹水面冰。

无限事,

许多情。

四弦丝竹苦丁宁。

饶君拨尽相思调,

待听梧桐叶落声。

类似的例子还可举出一些来,我不再列举了。我的意思无非是想说,小姐姐秀色天成。用平常的陈词滥调来赞誉,反而适得其反。倘若把宋词描绘美人的一些词句,拿来用到小姐姐身上,将更能凸显她的风采。我在这里想补充几句:宋人那一些词句描绘的多半是虚无缥缈的美人,而小姐姐却是活灵活现、真实存在的人物。倘若宋代词人眼前真有一个小姐姐,他们的词句将会更丰满,更灵透,更有感染力。

小姐姐是说不完的。上面讲到的都是外面的现象。在内部,她有一颗真诚、热情、同情别人、同情病人的心。大家都知道,麻风病是一种非常凶恶、非常可怕的传染病。在山东济南,治疗这种病的医院,不让在城内居留,而是在南门外千佛山下一片荒郊中修建的疗养院中。可见人们对这种恶病警惕性之高。然而小姐姐家里却有一位患麻风病的使女。自我认识小姐姐起就在她家里。我当时虽然年小,懂事不多,然而也感到有点别扭。这位使女一直待在小姐姐家中,后来不知所终。我也没有这个闲心,去刺探研究——随她去吧。

但是,对于小姐姐,我却不是这样随便。小姐姐是说不完的。在当时,我语不惊人,貌不压众,只不过是寄人篱下的一只丑小鸭。没有人瞧得起,没有人看得上。连叔父也认为我没有多大出息,最多不过是一个邮务生的材料。他认为我不闯实,胆小怕事。他哪里知道,在促进我养成这样的性格过程中,他老人家就起了不小的作用。一个慈母不在跟前的孩子,哪里敢飞扬跋扈呢?我在这里附带说上几句话:不管是什么原因,出于什么动机,毕竟是叔父从清平县穷乡僻壤的官庄把我带到了济南。我因此得到了念书的机会,才有了今天的我。我永远感谢他。

闲言少叙,书归正传。话头仍然回到小姐姐身上。但是,在谈小姐姐之前,我先粗笔勾画一下我那几年的情况。在小学和初中时期,我贪玩,不喜欢念书,也并无什么雄心壮志,不羡慕别人考甲等第一。但是,不知道是由于哪一路神仙呵护,我初中毕业考试平均分竟达到了九十七分,成为文理科十几个班之冠。这一件个人大事、公众小事,触动了当时的山东教育厅厅长、前清状元王寿彭老先生。他亲自命笔,写了一副对联和一个扇面给我,算是对我的奖励。我也是一个颇有点虚荣心的人,受到了王状元这样的礼遇,心中暗下决心:既然上来了，就不能再下去。于是，奋发图强，兀兀穷年。结果是，上了三年高中，六次期考，考了六个甲等第一。高中最后一年，是在杆石桥那个大院子里度过的。此时，我已经小有名气。国文，被国文教员董秋芳先生评为全校之冠（同我并列的还有一个人——王俊岑，后入北大数学系）；英文，我被大家称为 great home（大家，戏笑之辞，不足为训）。我当时能用英文写相当长的文章。我现在回想起来，自己都有点惊诧。当我看到英文教员同教务处的几位职员在一起谈到我的英文作文，那种眉开眼笑的样子时，我真不禁有点飘飘然了。

上面这些情况，都是我们家搬离柴火市以后发生的，此时，即使小姐姐来走娘家，前面院子也已经是人去屋空。那一位小兄弟也已杳若黄鹤，不知飞向何处去了。事实上，我飞得真不能算近。我于一九三五年离开祖国，到了德国，一住就是十年。一直到一九四六年，才辗转回国。当时国内正在进行战争。我从上海乘轮船到了秦皇岛，又乘火车到了北京。此时正是秋风吹昆明（湖），落叶满长安（街）的深秋。离京十载，一旦回来，心中喜悦之情，不足为外人道也。

然而小姐姐却仍然见不到。

我被聘为北京大学教授，兼东方语言文学系主任。时间是一九四六年。一九四六年和一九四七年两年，仍然教书。此时战争未停,铁路不通。航空又没有定期航班,只能碰巧搭乘别人订好的包机。这种机会是不容易找的。我一直等到一九四八年,才碰到了这样的好机会。于是我就回到了阔别十三年的济南,见到了我家里的人,也见到了小姐姐。

## 二、大宴群雌

那一年,我三十七岁。若以四十岁为分界线的话,我还不到中年,还是一个青年。然而,当时知识分子最高的追求有二:一个是有一个外国博士头衔(当时中国还没有授予博士学位的办法);第二个是有大学教授的称号。这两个都已是我囊中之物。旧时代所谓"少年得志"差堪近之。要说没有一点沾沾自喜,那不是真话。此时,工资也相当高,囊中总是鼓鼓囊囊的。我处心积虑,想让大家痛快一下。在中国,率由旧章,就是请大家吃一顿。这对我来说并不困难。我想立即付诸实施。

但是,且慢。在中国请客吃饭是一门学问。中国智慧(Chinese wisdom)有一部分就蕴藏在这里面。家人父子,至亲好友,大家随便下个馆子,撮上一顿,这里面没有很深的哲学。但是,一旦请外人吃饭,就必须考虑周详:请什么人?

为什么请？怎样请？其中第一个问题最重要。中国有一句俗话："做菜容易请客难。"对我来说，做菜确实很容易，请客也并不难。以我当时的身份和地位，请谁，他也会认为是一个光荣。可是，一想到具体的人，又须伤点脑筋。第一个，小姐姐必须请，这毫无问题，无复独多虑。第二个就是小姐姐的亲妹妹，彭家四姑娘，我叫她"荷姐"的。这个人比漂亮，虽然比不上她姐姐的花容月貌，但也似乎沾了一点美的基因，看上去赏心悦目，伶俐，灵活，颇有一些耐看的地方。我们住在佛山街柴火市前后院的时候，仍然处于丑小鸭阶段；但是荷姐和我的关系就非常好。她常到我住的前院北屋同我闲聊，互相开点玩笑。说心里话，她就是我心里向往的理想夫人。但是，碍于她母亲的短见，西湖月老祠的那两句话没有能实现在我们俩身上。现在，隔了十几二十年了，我们又会面了。她知道我有几个博士学位，便嬉皮笑脸地开起了玩笑。左一声"季大博士"，右一声"季大博士"。听多了，我蓦地感到有一点凄凉之感发自她的内心。胡为乎来哉！难道她又想到了二十年前那一段未能成功的姻缘吗？我这个人什么都不迷信，只迷信缘分二字，有缘千里来相会，无缘对面不相识。我们俩之间的关系难道还不是为缘分所左右的吗？奈之何哉！奈之何哉！

我继续考虑要邀请的客人。但是，考虑来，考虑去，总离不开妇女这个圈子。群雄哪里去了呢？群雄是在的。在我们的亲戚朋友中，我这个年龄段的小伙子有二十多个人。家庭经济情况不同，有的蛮有钱的，他们的共同情况是不肯念书。有的小学毕业，就算完成了学业。有的上到初中，上高中者屈指可数。到北京来念书，则无异于玄奘的万里求法矣。其中还有极少数人，用小学时代学到的那一点文化知识，在社会上胡混。他们有不同的面孔：少爷、姑爷、舅爷、师爷，如此等等。有如面具一般，拿在手里，随时取用，现在要我请这样的人吃饭，我实在脸上有点发红，下不了这个决心。我考虑来，考虑去，最后桌子一拍，下了决心。各路英雄，暂时委屈，我现在只请英雌了。

　　我选定济南最著名的大饭店之一的聚丰德，订了几桌上好的翅子席（有鱼翅之谓也）。最后还加了几条新捉到的黄河鲤鱼。我请了二十来位青年妇女，其中小姐姐姊妹当然是心中的主客。宴会极为成功，大家都极为满意。我想，她们中有的人生平第一次吃这样的好饭，也许就是最后一次。我每次想到那种觥筹交错、杯盘齐鸣的情况，就不禁心满意足。

二〇〇六年

# 奇石馆

石头有什么奇怪的呢？只要是山区，遍地是石头，磕磕绊绊，走路很不方便，让人厌恶之不及，哪里还有什么美感呢？

但是，欣赏奇石，好像是中国特有的传统的审美情趣。南南北北，且不说那些名园，即使是在最普通的花园中，都能够找到几块大小不等的太湖石，甚至假山。这些石头都能够给花园增添情趣，增添美感，再衬托上古木、修竹、花栏、草坪、曲水、清池、台榭、画廊等，使整个花园成为一个审美的整体，错综与和谐统一，幽深与明朗并存，充分发挥出东方花园的魅力。

我现在所住的燕园，原是明清名园，多处有怪石古石。据说都是明末米万钟花费了惊人的巨资，从南方运来的。连颐和园中乐寿堂前那一块巨大的石头，也是米万钟运来的，花费太大，他这个富翁因此而破了产。

这石头之所以受人青睐，并不是因为它大，而是因为它奇，它美。美在何处呢？据行家说，太湖石必须具备四个条件，才能算是美而奇：透、漏、秀、皱。用不着一个字一个字地来分析解释。归纳起来，可以这样理解：太湖石最忌平板。如果不忌的话，则从山上削下任何一块石头来，都可以充数。那还有什么奇特，有什么诡异呢？它必须玲珑剔透，才能显现其美，而能达到这个标准，必须在水中已经被波浪冲刷了亿万年。夫美岂易言哉！岂易言哉！

以上说的是大石头。小石头也有同样的情况。中国人爱小石头的激情，绝不亚于大石头。最著名的例子就是南京的雨花石。雨花大名垂宇宙，由来久矣。其主要特异之处在于小石头中能够辨认出来的形象。我曾在某一个报上读到一则关于雨花石的报道，说某一块石头中有一幅观音菩萨的像，宛然如书上画的或庙中塑的，形态毕具，丝毫不爽。又有一块石头，花纹是齐天大圣孙悟空，也是形象生动，不容同任何人、神、鬼、怪混淆。这些都是鬼斧神工，本色天成，人力在这里实在无能为力。另外一种小石头就是有小山小石的盆景。一座只有几寸至多一尺来高的石头山，再陪衬上几棵极为矮小却具有参天之势的树，望之有如泰岳，巍峨崇峻，咫尺千里，真的是"一览众山小"了。

总之，中国人对奇特的石头，不管大块与小块，都情有独钟，形成了中国特有的审美情趣，为其他国家所无。美籍华人建筑大师贝聿铭先生设计香山饭店时，利用几面大玻璃窗当作前景，窗外小院中耸立着一块太湖石，窗子就成了画面。这种设计思想，极为中国审美学家所称赞。虽然贝聿铭这个设计获得了西方的国际大奖，我看这也是为了适应中国人的审美情趣，碧眼黄发人未必理解与欣赏。现在文化一词极为流行，什么东西都是文化，什么茶文化、酒文化，甚至连盐和煤都成了文化。我们现在来一个石文化，恐怕也无可厚非吧。

我可是万万没有想到，竟在离开北京数千里①的曼谷——在旧时代应该说是万里吧——找到了千真万确的地地道道的石文化，我在这里参观了周镇荣先生创建的奇石馆。周先生在新中国成立前曾在国立东方语专念过书，也可以算是北大的校友吧。去年十月，我到昆明去参加纪念郑和的大会，在那里见到了周先生。蒙他赠送奇石一块，让我分享了奇石之美。他定居泰国，家在曼谷。这次相遇，颇有一点旧雨重逢之感。

他的奇石馆可真让我大吃一惊，大开眼界。什么叫奇石馆呢？因为我从来没有见过这样的馆，难免有一些想象。现在一见到真馆，我的想象被砸得粉碎。五光十色，五颜六色，五

---

① 长度单位，一市里合五百米。

彩缤纷，五花八门，大大小小，方方圆圆，长长短短，粗粗细细，我搜索枯肠，把我所知道的一切带数目字的俗语都搜集到一起；又到我能记忆的旧诗词中去搜寻描写石头花纹的清词丽句。把这一切都堆集在一起，也无法描绘我的印象于万一。在这里，语言文字都没用了，剩下的只有心灵和眼睛。我只好学一学古代的禅师，不立文字，明心见性。想立也立不起来了。到了主人让我写字留念的时候，我提笔写了"琳琅满目，巧夺天工"，是用极其拙劣的书法，写出了极其拙劣的思想。晋人比我聪明，到了此时，他们只连声高呼："奈何！奈何！"我却无法学习，我要是这样高呼，大家一定会认为我神经出了毛病。

听周先生自己讲搜寻石头的故事，也是非常有趣的。他不论走到什么地方，一听到有奇石，便把一切都放下，不吃，不喝，不停，不睡，不管黑天白日，不管刮风下雨，不避危险，不顾困难，非把石头弄到手不行。馆内的藏石，有很多块都隐含着一个动人的故事。中国古书上说："精诚所至，金石为开。"这话在周镇荣先生身上得到了证明。宋代大书法家米芾酷爱石头，有"米颠拜石"的传说。我看，周先生之癫绝不在米芾之下。这也算是石坛佳话吧。

无独有偶，回到北京以后，到了四月二十六日，我在《中国医药报》上读到了一篇文章：《石头情结》，讲的是著名美学家王朝闻先生酷爱石头的故事。王先生我是认识的，好多年以前我们曾同在桂林开过会。漓江泛舟，同乘一船。在山清水秀弥漫乾坤的绿色中，我们曾谈过许多事情，对其为人和为学，我是衷心敬佩的。当时他大概对石头还没有产生兴趣，所以没有谈到石头。文章说："十多年前在朝闻老家里几乎见不到几块石头，近几年他家似乎成了石头的世界。"我立即就想到：这不是另外一个奇石馆吗？朝闻老大器晚成，直到快到耄耋之年，才形成了石头情结。一旦形成，遂一发而不能遏制。他爱石头也到了"癫"的程度，他是以一个雕塑家、美学家的眼光与感情来欣赏石头的，凡人们在石头上看不到的美，他能看到。他惊呼："大自然太神奇了。"这比我在上面讲到的晋人高呼"奈何！奈何！"的情景，进了一大步。

石头到处都有，但不是人人都爱。这里面有点天分，有点缘分。这两件东西并不是人人都能有的。认识这样的人，是不是也要有点缘分呢？我相信，我是有这个缘分的。在不到两个月的短短的时间内，我竟能在极南极南的曼谷认识了有石头情结的周镇荣先生，又在极北极北的北京知道了老友朝闻老也有石头情结。没有缘分，能够做得到吗？请原谅我用中国流行的办法称朝闻老为北癫，称镇荣先生为南癫。南北二癫，顽石之友。在茫茫人海芸芸众生中，这样的癫是极为难见的。知道和了解南北二癫的人，到目前为止，恐怕也只尚有我一个人。我相信，通过我的这一篇短文，通过我的缘分，南北二癫会互相知名的，他们之间的缘分也会启发出来的。有朝一日，南周北王会各捧奇石相会于北京或曼谷，他们会掀髯（可惜二人都没有髯，行文至此，不得不尔）一笑的，他们都会感激我的。这样一来，岂不猗欤盛哉！我馨香祷祝之矣。

　　　　　　　　　　一九九四年五月二十四日凌晨，
　　　　　　　　　　细雨声中写完，心旷神怡

# 我的书斋

最近身体不太好。内外夹攻,头绪纷繁,我这已届耄耋之年的神经有点吃不消了。于是下定决心,暂且封笔。乔福山同志打来电话,约我写点什么。我遵照自己的决心,婉转拒绝。但一听这题目是"我的书斋",于我心有戚戚焉,立即精神振奋,暂停决心,拿起笔来。

我确实有个书斋,我十分喜爱我的书斋。这个书斋是相当大的,大小房间,加上过厅、厨房,还有封了顶的阳台,大大小小,共有八个单元。藏书册数从来没有统计过,总有几万册吧。在北大教授中,"藏书状元"我恐怕是当之无愧的。而且在梵文和西文书籍中,有一些堪称海内孤本。我从来不以藏书家自命,然而坐拥如此大的书城,心里能不沾沾自喜吗?

我的藏书都像是我的朋友,而且是密友。我虽然对它们并不是每一本都认识,它们中的每一本却都认识我。我每走进我的书斋,书籍们立即活跃起来,我仿佛能听到它们向我问好的声音，我仿佛看到它们向我招手的情景。倘若有人问我，书籍的嘴在什么地方？而手又在什么地方呢？我只能说："你的根器太浅，努力修持吧。有朝一日，你会明白的。"

我兀坐在书城中，忘记了尘世的一切不愉快的事情，怡然自得。世界之广，宇宙之大，此时却仿佛只有我和我的书友存在。窗外粼粼碧水，丝丝垂柳，阳光照在玉兰花的肥大的绿叶子上，这都是我平常最喜爱的东西，现在也都视而不见了。连平常我喜欢听的鸟鸣声"光棍儿好过"也听而不闻了。

我的书友每一本都蕴含着无穷的智慧。我只读过其中的一小部分。这智慧我是能深深体会到的。没有读过的那一些，好像也不甘落后，它们不知道是施展一种什么神秘的力量，把自己的智慧放了出来，像波浪似的涌向我来。可惜我还没有修炼到能有"天眼通"和"天耳通"的水平，我还无法接受这些智慧之流。如果能接受的话，我将成为世界上古往今来最聪明的人。我自己也去努力修持吧。

我的书友有时候也让我窘态毕露。我并不是一个不爱清洁和没有秩序的人，但是，因为事情头绪太多，脑袋里考虑的学术问题和写作问题也不少，而且每天都收到大量寄来的书籍和报纸杂志以及信件，转瞬之间就摞成一摞。在这样的情况下，如果我需要一本书，往往是遍寻不得。"只在此屋中，书深不知处",急得满头大汗,也是枉然。只好到图书馆去借,等我把文章写好,把书送还图书馆后,无意之间,在一摞书中,竟找到了我原来要找的书,"得来全不费工夫",然而晚了,工夫早已费过了。我啼笑皆非,无可奈何。等到用另一本书时,再重演一次这出喜剧。我知道,我要寻找的书友,看到我急得那般模样,会大声给我打招呼的,但是喊破了嗓子也无济于事。我还没有修持到能听懂书的语言的水平。我还要加倍努力去修持。我有信心,将来一定能获得真正的"天眼通"和"天耳通",只要我想要哪一本书,那一本书就会自己报出所在之处,我一伸手,便可拿到,如探囊取物。这样一来,文思就会像泉水般地喷涌,我的笔变成了生花妙笔,写出来的文章会成为天下之至文。到了那时,我的书斋里会充满了没有声音的声音,布满了没有形象的形象。我同我的书友们能够自由地互通思想,交流感情。我的书斋会成为宇宙间第一神奇的书斋。岂不猗欤休哉!

我盼望有这样一个书斋。

一九九三年六月二十二日

# 自己的花是让别人看的

爱美大概也算是人的天性吧。宇宙间美的东西很多，花在其中占重要的地位。爱花的民族也很多，德国在其中占重要的地位。

四五十年以前我在德国留学的时候，曾多次对德国人爱花之真切感到吃惊。家家户户都在养花。他们的花不像在中国那样，养在屋子里，他们是把花都栽种在临街窗户的外面。花朵都朝外开，在屋子里只能看到花的脊梁。我曾问过我的女房东："你这样养花是给别人看的吧？"她莞尔一笑，说："正是这样！"

正是这样，也确实不错。走过任何一条街，抬头向上看，家家户户的窗子前都是花团锦簇、姹紫嫣红。许多窗子连接在一起，汇成了一个花的海洋，让我们看的人如入山阴道上，应接不暇。每一家都是这样，在屋子里的时候，自己的花是让别人看的。走在街上的时候，自己又看别人的花。人人为我，我为人人。我觉得这一种境界是颇耐人寻味的。

今天我又到了德国,刚一下火车,迎接我们的主人问我:"你离开德国这样久,有什么变化没有?"我说:"变化是有的,但是美丽并没有改变。"我说"美丽"指的东西很多,其中也包含着美丽的花。我走在街上,抬头一看,又是家家户户的窗口上都开满了鲜花。多么奇丽的景色!多么奇特的民族!我仿佛又回到了四五十年前,我做了一个花的梦,做了一个思乡的梦。

一九八五年八月二十七日

辑三

# 人间，是好玩的

# 咪咪

我现在越来越不了解自己了。我原以为自己不是多愁善感的人，内心还是比较坚强的。现在才发现，这只是一个假象，我的感情其实脆弱得很。

八年以前，我养了一只小猫，取名咪咪。它大概是一只波斯混种的猫，全身白毛，毛又长又厚，冬天胖得滚圆。额头上有一块黑黄相间的花斑，尾巴则是黄的。总之，它长得非常逗人喜爱。因为我经常给它些鱼肉之类的东西吃，它就特别喜欢我。有几年的时间，它夜里睡在我的床上。每天晚上，只要我一铺开棉被，盖上毛毯，它就急不可待地跳上床去，躺在毯子上。我躺下不久，就听到它打呼噜——我们家乡话叫"念经"——的声音。半夜里，我在梦中往往突然感到脸上一阵冰凉，是小猫用舌头来舔我了，有时候还要往我被窝里钻。偶尔有一夜，它没有到我床上来，我顿感空荡寂寞，半天睡不着。等我半夜醒来，脚头上沉甸甸的，用手一摸：毛茸茸的一团，心里有说不出来的甜蜜感，再次入睡，如游天宫。早晨一起床，吃过早点，坐在书桌前看书写字。这时候咪咪决不再躺在床上，而是一定要跳上书桌，趴在台灯下面我的书上或稿纸上，有时候还要给我一个屁股，头朝里面。有时候还会摇摆尾巴，把我的书页和稿纸摇乱。过了一些时候，外面天色大亮，我就把咪咪和另外一只纯种"国猫"名叫虎子的黑色斑纹的"土猫"放出门去，到湖边和土山下草坪上去吃点青草，就地打几个滚，然后跟在我身后散步。我上山，它们就上山；我走下来，它们也跟下来。猫跟人散步是极为稀见的，因此成为朗润园一景。这时候，几乎每天都碰到一位手提鸟笼遛鸟的老退休工人，我们一见面，就相对大笑一阵："你在遛鸟，我在遛猫，我们各有所好啊！"我的一天，往往就是在这种情况下开始的。其乐融融，自不在话下。

大概在一年多以前，有一天，咪咪忽然失踪了。我们全家都有点着急。我们左等，右等；左盼，右盼，望穿了眼睛，只是不见。在深夜，在凌晨，我走了出来，瞪大了双眼，尖起了双耳，希望能在朦胧中看到一团白色，希望能在万籁俱寂中听到一点声息。然而，一切都是枉然。这样过了三天三夜，一个下午咪咪忽然回来了。雪白的毛上沾满了杂草，颜色变成了灰突突的，完全一副狼狈不堪的样子。一头闯进门，直奔猫食碗，狼吞虎咽，大嚼一通。然后跳上壁橱，藏了起来，好半天不敢露面。从此，它似乎变了脾气，拉尿不知，有时候竟在桌子上撒尿和拉屎。它原来是一只规矩温顺的小猫咪，完全不是这样子的。我们都怀疑，它之所以失踪，是被坏人捉走了的，想逃跑，受到了虐待，甚至受到捶挞，好不容易逃了回来，逃出了魔掌，生理上受到了剧烈的震动，才落了一身这样的坏毛病。

我们看了心里都很难受。一个纯洁无辜的小动物，竟被折磨成这个样子，谁能无动于衷呢？可是我又有什么办法？我是最喜爱这个小东西的，心里更好像是结上了一个大疙瘩，然而却是爱莫能助，眼睁睁地看它在桌上的稿纸上撒尿。但是，我决不打它。我一向主张，对小孩子和小动物这些弱者，动手打就是犯罪。我常说，一个人如果自认还有一点力量、一点权威的话，应当向敌人和坏人施展，不管他们多强多大。向弱者发泄，算不上英雄汉。

然而事情发展却越来越坏，咪咪任意撒尿和拉屎的频率增加了，范围扩大了。在桌上，床下，澡盆中，地毯上，书上，纸上，只要从高处往下一跳，尿水必随之而来。我以耄耋衰躯，匍匐在床下桌下向纵深的暗处去清扫猫屎，钻出来以后，往往喘上半天粗气。我不但毫不气馁，而且大有乐此不疲之慨,心里乐滋滋的。我那年近九旬的老祖笑着说:"你从来没有给女儿、儿子打扫过屎尿,也没有给孙子、孙女打扫过,现在却心甘情愿服侍这一只小猫!"我笑而不答。我不以为苦,反以为乐。这一点我自己也解释不清楚。

但是,事情发展得比以前更坏了。家人忍无可忍,主张把咪咪赶走。

我觉得,让它出去野一野,也许会治好它的病,我同意了。于是在一个晚上把咪咪送出去,关在门外。我躺在床上,辗转反侧,再也睡不着。后来蒙眬睡去,做起梦来,梦到的不是别的什么,而是咪咪。第二天早晨,天还没有亮,我拿着手电到楼外去找。我知道,它喜欢趴在对面居室的阳台上。拿手电一照,白白的一团,咪咪蜷伏在那里,见到了我"咪噢"叫个不停,仿佛有一肚子委屈要向我倾诉。我听了这种哀鸣,心酸泪流。如果猫能做梦的话,它梦到的必然是我。它现在大概怨我太狠心了,我只有默默承认,心里痛悔万分。

我知道,咪咪的母亲刚刚死去,它自己当然完全不懂这一套,我却是懂得的。我青年丧母,留下了终天之恨。年近耄耋,一想到母亲,仍然泪流不止。现在竟把思母之情移到了咪咪身上。我心跳手颤,赶快拿来鱼饭,让咪咪饱餐一顿。但是,没有得到家人的同意,我仍然得把咪咪留在外面。而我又放心不下，经常出去看它。我住的朗润园小山重叠，林深树茂，应该说是猫的天堂。可是咪咪硬是不走，总卧在我住宅周围。我有时晚上打手电出来找它，在临湖的石头缝中往往能发现白色的东西，那是咪咪。见了我，它又"咪噢"直叫。它眼睛似乎有了病，老是泪汪汪的。它的泪也引起了我的泪，我们相对而泣。

我这样一个走遍天涯海角饱经沧桑的垂暮之年的老人，竟为这样一只小猫而失魂落魄，对别人来说，可能难以解释，但对我自己来说，却是很容易解释的。从报纸上看到，定居台湾的老友梁实秋先生，在临终时念念不忘的是他的猫。我读了大为欣慰，引为"同志"，这也可以说是"猫坛"佳话吧。我现在再也不硬充英雄好汉了，我俯首承认我是多愁善感的。

咪咪这样一只小猫就戳穿了我这一只"纸老虎"。我了解到了自己的本来面目，并不感到有什么难堪。

现在，我正在香港讲学，住在中文大学会友楼中。此地背山面海，临窗一望，海天混茫，水波不兴，青螺数点，帆影一片，风光异常美妙，园中有四时不谢之花，八节长春之草，兼又有主人盛情款待，我心中此时乐也。然而我却常有"山川信美非吾土"之感，我怀念北京燕园中我的家人，我的朋友，我的书房，我那堆满书案的稿子。我想到北国就要千里冰封、万里雪飘,"马后桃花马前雪,教人怎得不回头?"。我归心似箭,决不会"回头"。特别是当我想到咪咪时,我仿佛听到它的"咪噢"的哀鸣,心里颤抖不停,想立刻插翅回去。小猫吃不到我亲手给它的鱼肉,也许大感不解:"我的主人哪里去了呢?"猫们不会理解人们的悲欢离合。我庆幸它不理解,否则更会痛苦了。好在我留港时间即将结束,我不久就能够见到我的家人,我的朋友。燕园中又多了一个我,咪咪会特别高兴的,它的病也许会好了。北望云天万里,我为咪咪祝福。

# 咪咪二世

凌晨四时,如在冬天,夜气犹浓,黑暗蔽空。我起床,打开电灯,拉开窗帘,玻璃窗外窗台上两股探照灯似的红光正对准我射过来。我知道,小猫咪咪二世已等我给它开门了。

我连忙拿起手电筒,开门。走到黑暗的楼道里,用手电筒对着赤暗的门外闪上两闪。立即有一股白烟似的东西,蹿到我的脚下,用浑身白而长的毛蹭我的腿,用嘴咬我的裤腿,用软软的爪子挠我的脚,使我步都迈不开。看样子真好像是多年未见了。实际上昨天晚上我才开门放它出去的。进屋以后,我给它极小一块猪肝或牛肉,它心满意足了,跳上电冰箱的顶,双眼一眯,呼噜呼噜念起经来了。

多少年来,我一日之计就是这样开始的,我养过一只纯白的波斯猫,后来寿限已到,不知道寿终什么寝了。它的名字叫咪咪,它的死让我非常悲哀,我发誓要找一只同样毛长尾粗的波斯猫。皇天不负有心人,后来果然找到了。为了区别于它的前任，我仿效秦始皇的办法，命名为"二世"。是不是也蕴含着一点传之万世而无穷的意思呢？没有。咪咪和我都没有秦始皇那样的雄才大略。

不管怎样，咪咪二世已经成了我每天的不太多的喜悦源泉。在白天，我看书写作一疲倦，就往往到楼外小山下池塘边去散一会儿步。这时候，忽然出我意料，又有一股白烟从草丛里，从野花旁，蓦地蹿了出来，用长而白的毛蹭我的腿，用嘴咬我的裤腿，用软软的爪子挠我的脚，使我步都迈不开。我努力迈步向前走，它就跟在我身后，陪我散步，山上，池边，我走到哪里，它跟到哪里。据有经验的老人说，只有狗才跟人散步，猫是决不肯干的。可是我们的咪咪二世却敢于打破猫们的旧习，成为猫世界的"叛逆的女性"。于是，小猫跟季羡林散步，就成为燕园的一奇，可惜宣传跟不上；否则，这一奇景将同英国王宫卫队换岗一样，名扬世界了。

# 槐花

自从移家朗润园，每年在春夏之交的时候，我一出门向西走，总是清香飘拂，溢满鼻官。抬眼一看，在流满了绿水的荷塘岸边，在高高低低的土山上面，就能看到成片的洋槐，满树繁花，闪着银光；花朵缀满高树枝头，开上去，开上去，一直开到高空，让我立刻想到新疆天池上看到的白皑皑的万古雪峰。

这种槐树在北方是非常习见的树种。我虽然也陶醉于氤氲的香气中，但却从来没有认真注意过这种花树——惯了。

有一年，也是在这样春夏之交的时候，我陪一位印度朋友参观北大校园。走到槐花树下，他猛然用鼻子吸了吸气，抬头看了看，眼睛瞪得又大又圆。我从前曾看到一幅印度人画的人像，为了夸大印度人眼睛之大，他把眼睛画得扩张到脸庞的外面。这一回我真仿佛看到这一位印度朋友瞪大了的眼睛扩张到了面孔以外来了。

"真好看呀！这真是奇迹！"

"什么奇迹呀？"

"你们这样的花树。"

"这有什么了不起呢？我们这里多得很。"

"多得很就不了不起了吗？"

我无言以对，看来辩论下去已经毫无意义了。可是他的话却对我起了作用，我认真注意槐花了，我仿佛第一次见到它，非常陌生，又似曾相识。我在它身上发现了许多新的以前从来没有发现的东西。在沉思之余，我忽然想到自己在印度也曾有过类似的情景。我在海得拉巴看到耸入云天的木棉树时，也曾大为惊诧。碗口大的红花挂满枝头，殷红如朝阳，灿烂似晚霞，我不禁大为慨叹：

"真好看呀！简直神奇极了！"

"什么神奇？"

"这木棉花。"

"这有什么神奇呢？我们这里到处都有。"

陪伴我们的印度朋友满脸迷惑不解的神气。我的眼睛瞪得多大，我自己看不到。现在到了中国，在洋槐树下，轮到印度朋友（当然不是同一个人）瞪大眼睛了。

在我们的日常生活中，我们都有这样一个经验：越是看惯了的东西，便越是习焉不察，美丑都难看出。这种现象在心理学上是容易解释的：一定要同客观存在的东西保持一定的距离才能客观地去观察。难道我们就不能有意识地去改变这种习惯吗？难道我们就不能永远用新的眼光去看待一切事物吗？

我想自己先试一试看，果然有了神奇的效果。我现在再走过荷塘看到槐花，努力在自己的心中制造出第一次见到的幻想，我不再熟视无睹，而是尽情地欣赏。槐花也仿佛是得到了知己，大大小小、高高低低的洋槐，似乎在喃喃自语，又对我讲话。周围的山石树木，仿佛一下子活了起来，一片生机，融融氤氲。荷塘里的绿水仿佛更绿了；槐树上的白花仿佛更白了；人家篱笆里开的红花仿佛更红了。风吹，鸟鸣，都洋溢着无限生气。一切眼前的东西连在一起，汇成了宇宙的大欢畅。

# 雾

浓雾又升起来了。

近几天以来,我早晨起床后第一件事就是推开窗子,欣赏外面的大雾。

我从来没有喜欢过雾。为什么现在忽然喜欢起来了呢?这其中有一点因缘。前天在飞机上,当飞临西藏上空时,机组人员说,加德满都现在正弥漫着浓雾,能见度只有一百米,飞机降落怕有困难,加德满都方面让我们飞得慢一点。我当时一方面有点担心,害怕如果浓雾不消,我们将降落何方?另一方面,我还有点好奇:加德满都也会有浓雾吗?但是,浓雾还是消了,我们的飞机按时降落在尼泊尔首都机场,机场上阳光普照。

因此,我就对雾产生了好奇心和兴趣。

抵达加德满都的第二天凌晨,我一起床,推开窗子:外面是大雾弥天。昨天下午,我们从加德满都的大街上看到城北面崇山峻岭，层峦叠嶂，个个都戴着一顶顶的白帽子，这些都是万古雪峰，在阳光下闪出了耀眼的银光。这是我生平第一次看到这种景象，我简直像小孩子一般地喜悦。现在大雾遮蔽了一切，连那些万古雪峰也隐没不见，一点影子也不给留下。旅馆后面的那几棵参天古树，在平常时候，高枝直刺入晴空，现在只留下淡淡的黑影，衬着白色的大雾，宛如一张中国古代的画。昨天抵达旅馆下车时，我看到一个尼泊尔妇女背着一筐红砖，倒在一大堆砖上。现在我看到一个男子，手里拿着一堆红红的东西。我以为他拿的也是红砖，但是当他走得近了一点时，我才发现那一堆红红的东西簌簌抖动，原来是一束束红色的鲜花。我不禁自己笑了起来。

正当我失神落魄地自己暗笑的时候，忽然听到不知从哪里传来了咕咕的叫声。浓雾虽然遮蔽了形象，但是遮蔽不住声音。我知道，这是鸽子的声音。当我倾耳细听时，又不知从哪里传来了阵阵的犬吠声。这都是我意想不到的情景。我万万没有想到，我在加德满都喜欢的两种动物——鸽子和狗，竟同时都在浓雾中出现了。难道浓雾竟成了我在这个美丽的山城里学会欣赏的第三件东西吗？

世界上，喜欢雾的人似乎是并不多的。英国伦敦的大雾是颇有一点名气的。有一些作家写散文、写小说来描绘伦敦的雾，我们读起来觉得韵味无穷。对于尼泊尔文学，我所知甚少，我不知道，是否也有尼泊尔作家专门写加德满都的雾。但是，不管是在伦敦，还是在加德满都，明目张胆大声赞美浓雾的人，恐怕是不会多的，其中原因我不甚了了，我也没有那种闲情逸致去钻研探讨。我现在在这高山王国的首都来对浓雾大唱赞歌，也颇出自己的意料。过去我不但没有赞美过雾，而且也没有认真去观察过雾。我眼前是由赞美而达到观察，由观察而加深了赞美。雾能把一切东西：美的、丑的、可爱的、不可爱的，一塌刮子都给罩上一层或厚或薄的轻纱，让清楚的东西模糊起来，从而带来了另外一种美，一种在光天化日之下看不到的美，一种朦胧的美，一种模糊的美。

以前，当我第一次听到"模糊数学"这个名词的时候，我曾说过几句怪话：数学比任何科学都更要求清晰，要求准确。怎么还能有什么模糊数学呢？后来我读了一些介绍文章，逐渐了解了模糊数学的内容。我一反从前的想法，觉得模糊数学真是一个了不起的发现。在人类社会中，在日常生活中，在社会科学和自然科学中，有着大量模糊的东西。无论如何也无法否认这些东西的模糊性。承认这个事实，对研究学术和制定政策等都是有好处的。

在大自然中怎样呢？在大自然中模糊不清的东西更多。连审美观念也不例外。有很多东西,在很多时候,朦胧模糊的东西反而更显得美。月下观景,雾中看花,不是别有一番情趣在心头吗?在这里,观赏者有更多的自由,自己让自己的幻想插上翅膀,上天下地,纵横六合,神驰于无何有之乡,情注于自己制造的幻象之中;你想它是什么样子,它立刻就成了什么样子,比那些一清见底、纤毫不遗的东西要好得多。而且绝对一清见底、纤毫不遗的东西,在大自然中是根本不存在的。

  我的幻想飞腾,忽然想到了这一切。我自诧是神来之笔,我简直陶醉在这些幻象中了。这时窗外的雾仍然稠密厚重,它似乎了解了我的心情,感激我对它的赞扬。它无法说话,只是呈现出更加美妙更加神秘的面貌,弥漫于天地之间。

一九八六年十一月二十六日

# 乌鸦和鸽子

傍晚，我们来到了清凉宫。正当我全神贯注地欣赏绿玉似的草地和珊瑚似的小红花的时候，忽然听到天空里一阵哇哇的叫声。啊！是乌鸦。一片黑影遮蔽了半个天空。想不到暮鸦归巢的情景竟在这里看到了。

这使我立即想起了三十多年以前我第一次缅甸之行。我首先到了仰光，那种堆绿叠翠的热带风光牢牢地吸引住了我。但是，更吸引住了我、使我感到无限惊异的是那里的乌鸦之多。我敢说，在世界的任何地方都不会有这么多的乌鸦。据说，缅甸人虔信佛教，佛教禁止杀生到了可笑的地步。乌鸦就趁此机会大大地繁殖起来，其势猛烈，大有将三千大千世界都化为乌鸦王国的劲头。

我曾在距离仰光不太远的伊洛瓦底江口看到我生平第一次见到的最大的乌鸦群，恐怕有几万只。停泊在江边的大小船只的桅杆上、船舱上、船边上，到处都落满了乌鸦，漆黑一大片。在空中盘旋飞翔的，数目还要超过几倍。简直成了乌鸦的世界，乌鸦的天堂，乌鸦的乐园，乌鸦的这个，乌鸦的那个，我理屈词穷，我说不出究竟是乌鸦的什么了。

今天早晨，也就是到清凉宫去的第二天的早晨，我参观哈奴曼多卡古王宫时，我第二次看到了我生平见到的最大的乌鸦群之一，大概有上千只吧。它们忽然一下子从王宫高塔的背面飞了出来，嗵哨一声，其势惊天动地，在王宫天井上盘旋了一阵，又嗵哨一声，飞到不知道什么地方去了。

乌鸦在中国古代被认为是不吉祥的动物，名声不佳。人们听到它们的鸣声，往往起厌恶之感。可是这些年以来，在北京，甚至在树木葱茏的燕园里面，除了麻雀以外，别的鸟很少见到了。连令人讨厌的乌鸦也逐渐变得不那么讨厌了。它们那种绝不能算是美妙的叫声，现在听起来大有日趋美妙之势了。

我在加德满都不但见到了乌鸦，而且也见到了鸽子。

鸽子在北京现在还是能够见到的，都是人家养的，从来没有听说过野鸽子。记得我去年春天到印度新德里去参加《罗摩衍那》的作者蚁垤国际诗歌节，住在一家所谓五星级旅馆的第十九层楼上。有一天，我出去开会，忘记了关窗子。回来一开门，听到鸽子咕噜咕噜的叫声。原来有两位长着翅膀的不速之客，趁我不在的时候，到我房间里来了。两只鸽子就躲在我的沙发下面亲热起来，谈情说爱，卿卿我我，正搞得火热。看到我进来，它俩坦然无动于衷，丝毫没有想逃避的意思，也看不出一点内疚之意。倒是我对于这种"突然袭击"感到有点局促不安了。原来印度人决不伤害任何动物，鸽子们大概从它们的鼻祖起就对人不怀戒心，它们习惯于同人们和平共处了。反观我们自己的国家，情况有很大的不同。专就北京来说，鸟类的数目越来越少。每当我在燕园内绿树成荫的地方，或者在清香四溢的荷花池边，看到年轻人手持猎枪、横眉竖目，在寻觅枝头小鸟的时候，我简直内疚于心，说不出话来。难道在这些地方我们不应该向印度等国家学习吗？

我不是哲学家，也不喜欢、更不擅长去哲学地思考。但是古今中外都有不少的哲人，主张人与大自然应该浑然一体，人与鸟兽（有害于人类的适当除外）应该和睦相处，相向无猜，谁也离不开谁，谁都在大自然中有生存的权利。我是衷心地赞成这些主张的。即使到了人类大同的地步，除了人与人之间的关系应该同过去完全不同之外，人与大自然的关系，其中也包括人与鸟兽的关系，也应该大大地改进。我不相信任何宗教，我也不是素食主义者，人类赖以为生的动植物，非吃不行的，当然还要吃。只是那些不必要的、损动物而不利己的杀害行为，应该断然制止。写到这里，我忽然想到一件不大不小的事：过去有一段时间，竟然把种草养花视为修正主义。我百思不得其解。有这种主张的人有何理由？是何居心？真使我惊诧不置。世界一切美好的东西，不管是人类，还是鸟兽虫鱼，花草树木，我们都应该会欣赏，有权利去欣赏。我认为，这是天经地义的真理。难道在僵化死板的气氛中生活下去才算得上唯一正确吗？

　　写到这里，正是黎明时分，窗外加德满都的大雾又升起来了。从弥漫天地的一片白色浓雾的深处传来了咕咕的鸽子声，我的心情立刻为之一振，心旷神怡，好像饮了尼泊尔和印度神话中的甘露。

　　　　　　　　　　　　一九八六年十一月二十六日凌晨

# 马缨花

曾经有很长的一段时间，我孤零零一个人住在一个很深的大院子里。从外面走进去，越走越静，自己的脚步声越听越清楚，仿佛从闹市走向深山。等到脚步声成为空谷足音的时候，我住的地方就到了。

院子不小，都是方砖铺地，三面有走廊。天井里遮满了树枝，走到下面，浓荫匝地，清凉蔽体。从房子的气势来看，从梁柱的粗细来看，依稀还可以看出当年的富贵气象。

这富贵气象是有来源的。在几百年前，这里曾经是明朝的东厂。不知道有多少忧国忧民的志士曾在这里被囚禁过，也不知道有多少人在这里受过苦刑，甚至丧掉性命。据说当年的水牢现在还有迹可寻哩。

等到我住进去的时候，富贵气象早已成为陈迹，但是阴森凄苦的气氛却原封未动。再加上走廊上陈列的那一些汉代的石棺石椁，古代的刻着篆字和隶字的石碑，我一走回这个院子里，就仿佛进入了古墓。这样的环境，这样的气氛，把我的记忆提到几千年前去，有时候我简直就像是生活在历史里，自己俨然成为古人了。

这样的气氛同我当时的心情是相适应的，我一向又不相信有什么鬼神，所以我住在这里，也还处之泰然。

但是也有紧张不泰然的时候。往往在半夜里，我突然听到推门的声音，声音很大，很强烈。我不得不起来看一看。那时候经常停电，我只能在黑暗中摸索着爬起来，摸索着找门，摸索着走出去。院子里一片浓黑，什么东西也看不见，连树影子也仿佛同黑暗粘在一起，一点都分辨不出来。我只听到大香椿树上有一阵窸窸窣窣的声音，然后咪噢的一声，有两只小电灯似的眼睛从树枝深处对着我闪闪发光。

这样一个地方，对我那些经常来往的朋友们来说，是不会引起什么好感的。有几位在白天还有兴致来找我谈谈，他们很怕在黄昏时分走进这个院子。万一有事，不得不来，也一定在大门口向工友再三打听，我是否真在家里，然后才有勇气，跋涉过那一个长长的胡同，走过深深的院子，来到我的屋里。有一次，我出门去了，看门的工友没有看见，一位朋友走到我住的那个院子里。在黄昏的微光中，只见一地树影，满院石棺，我那小窗上却没有灯光。他的腿立刻抖了起来，费了好大力量,才拖着它们走了出去。第二天我们见面时,谈到这点经历,两人相对大笑。

我是不是也有孤寂之感呢?应该说是有的。当时正是"万家墨面没蒿莱"的时代,北京城一片黑暗。白天在学校里的时候,同青年同学在一起,从他们那蓬蓬勃勃的斗争意志和生命活力里,还可以汲取一些力量和快乐,精神十分振奋。但是,一到晚上,当我孤零零一个人走回这个所谓的家的时候,我仿佛遗世而独立。没有人声,没有电灯,没有一点活气。在煤油灯的微光中,我只看到自己那高得、大得、黑得惊人的身影在四面的墙壁上晃动,仿佛是有个巨灵来到我的屋内。寂寞像毒蛇似的偷偷地袭来,折磨着我,使我无所逃于天地之间。

在这样无可奈何的时候,有一天,在傍晚的时候,我从外面一走进那个院子,蓦地闻到一股似浓似淡的香气。我抬头一看,原来是遮满院子的马缨花开花了。在这以前,我知道这些树上都是马缨花,但是我却没有十分注意它们。今天它们用自己的香气告诉了我它们的存在。这对我似乎是一件新事。我不由得就站在树下,仰头观望:细碎的叶子密密地搭成了一座天棚,天棚上面是一层粉红色的细丝般的花瓣,远处望去,就像是绿云层上浮上了一团团的红雾。香气就是从这一片绿云里洒下来的,洒满了整个院子,洒满了我的全身,使我仿佛游泳在香海里。

花开也是常有的事，开花有香气更是司空见惯。但是，在这样一个时候，这样一个地方，有这样的花，有这样的香，我就觉得很不寻常；有花香慰我寂寥，我甚至有一些近乎感激的心情了。

从此，我就爱上了马缨花，把它当成了自己的知心朋友。

北京终于解放了。一九四九年的十月一日给全中国带来了光明与希望，给全世界带来了光明与希望。这一个具有重大意义的日子在我的生命里划上了一道鸿沟，我仿佛重新获得了生命。可惜不久我就搬出了那个院子，同那些可爱的马缨花告别了。

时间也过得真快，到现在，才一转眼的工夫，已经过去了十三年。这十三年是我生命史上最重要、最充实、最有意义的十三年。我看了许多新东西，学习了很多新东西，走了很多新地方。我当然也看了很多奇花异草。我曾在印度半岛最南端科摩林海角看到高凌霄汉的巨树上开着大朵的红花，我曾在缅甸的避暑胜地东枝看到开满了小花园的火红照眼的不知名的花朵，我也曾在塔什干看到长得像小树般的玫瑰花。这些花都是异常美妙动人的。

然而使我深深地怀念的却仍然是那些平凡的马缨花，我是多么想见到它们呀!

最近几年来,北京的马缨花似乎多起来了。在公园里,在马路旁边,在大旅馆的前面,在草坪里,都可以看到新栽种的马缨花。细碎的叶子密密地搭成了一座座的天棚,天棚上面是一层粉红色的细丝般的花瓣。远处望去,就像是绿云层上浮上了一团团的红雾。这绿云红雾飘满了北京,衬上红墙、黄瓦,给人民的首都增添了绚丽与芬芳。

我十分高兴,我仿佛是见了久别重逢的老友。但是,我却隐隐约约地感觉到,这些马缨花同我回忆中的那些很不相同。叶子仍然是那样的叶子,花也仍然是那样的花,在短短的十几年以内,它绝不会变了种。它们不同之处究竟何在呢?

我最初确实是有些困惑,左思右想,只是无法解释。后来,我扩大了我回忆的范围,不把回忆死死地拴在马缨花上面,而是把当时所有同我有关的事物都包括在里面。不管我是怎样喜欢院子里那些马缨花,不管我是怎样爱回忆它们,回忆的范围一扩大,同它们联系在一起的不是黄昏,就是夜雨,否则就是迷离凄苦的梦境。我好像在那些可爱的马缨花上面从来没有见到哪怕是一点点阳光。

然而,今天摆在我眼前的这些马缨花,却仿佛总是在光天化日之下。即使是在黄昏时候,在深夜里,我看到它们,它们也仿佛是生气勃勃，同浴在阳光里一样。它们仿佛想同灯光竞赛，同明月争辉。同我回忆里那些马缨花比起来，一个是照相的底片，一个是洗好的照片；一个是影，一个是光。影中的马缨花也许是值得留恋的，但是光中的马缨花不是更可爱吗？

　　我从此就爱上了这光中的马缨花，而且我也爱藏在我心中的这一个光与影的对比。它能告诉我很多事情，带给我无穷无尽的力量，送给我无限的温暖与幸福，它也能促使我前进。我愿意马缨花永远在这光中含笑怒放。

一九六二年

# 富春江上

记得在什么诗话上读到过两句诗:

到江吴地尽,隔岸越山多。

诗话的作者认为是警句,我也认为是警句。但是当时我却只能欣赏诗句的意境,而没有丝毫感性认识。不意我今天竟亲身来到了钱塘江畔富春江上。极目一望,江水平阔,浩渺如海;隔岸青螺数点,微痕一抹,出没于烟雨迷蒙中。"隔岸越山多"的意境我终于亲临目睹了。

钱塘、富春都是具有诱惑力的名字。实际的情况比名字更有诱惑力。我们坐在一艘游艇上。江水青碧,水声淙淙。艇上偶见白鸥飞过,远处则是点点风帆。黑色的小燕子在起伏翻腾的碎波上贴水面飞行,似乎是在努力寻觅着什么。我虽努力探究,但也只见它们忙忙碌碌,匆匆促促,最终也探究不出,它们究竟在寻觅什么。岸上则是点点的越山，飞也似的向艇后奔。一点消逝了，又出现了新的一点，数十里连绵不断。难道诗句中的"多"字表现的就是这个意境吗？

眼中看到的虽然是当前的景色，但心中想到的却是历史的人物。谁到了这个吴越分界的地方不会立刻就想到古代的吴王夫差和越王勾践的冲突呢？当年他们钩心斗角互相角逐的情景，今天我们已经无从想象了。但是乱箭齐发、金鼓轰鸣的搏斗总归是有的。这种鏖兵的情况无论如何同这样的青山绿水也不能协调起来。人世变幻，今古皆然。在人类前进的征途上，这些都是不可避免的。但青山绿水却将永在。我们今天大可不必庸人自扰，为古人担忧，还是欣赏眼前的美景吧！

但是，我的幻想却不肯停止下来，我心头的幻想，一下子又变成了眼前的幻象。我的耳边响起了诗僧苏曼殊的两句诗：

春雨楼头尺八箫，何时归看浙江潮。

这里不正是浙江钱塘潮的老家吗？我平生还没有看到浙江潮的福气。这两句诗我却是喜欢的，常常在无意中独自吟咏。今天来到钱塘江上，这两句诗仿佛是自己来到了我的耳边。耳边诗句一响，眼前潮水就涌了起来：

> 怒声汹汹势悠悠,罗刹江边地欲浮。
>
> 漫道往来存大信,也知反覆向平流。
>
> 狂抛巨浸疑无底,猛过西陵似有头。
>
> 至竟朝昏谁主掌,好骑赪鲤问阳侯。

但是,幻象毕竟只是幻象。一转瞬间,"怒声汹汹"的江涛就消逝得无影无踪,眼前江水平阔,浩渺如海,隔岸青螺数点,微痕一抹,出没于烟雨迷蒙中。

可是竟完全出我意料:在平阔的水面上,在点点青螺上,竟又出现了一个人的影子。它飘浮飞驶,"翩若惊鸿,婉如游龙",时隐时现,若即若离,追逐着海鸥的翅膀,跟随着小燕子的身影,停留在风帆顶上,飘动在波光潋滟中。我真是又惊又喜。"胡为乎来哉?"难道因为这里是你的家乡才出来欢迎我吗?我想抓住它,这当然是不可能的。我想正眼仔细看它一看,这也是不可能的。但它又不肯离开我,我又不能不看它。这真使我又是兴奋,又是沮丧;又是希望它飞近一点,又是希望它离远一点。我在徒唤奈何中看到它飘浮飞动,定睛敛神,只看到青螺数点,微痕一抹,出没于烟雨迷蒙中。

我们这样到了富阳。这是我们今天艇游的终点。我们舍舟登陆，爬上了有名的鹳山。山虽不高，但形势极好。山上层楼叠阁，曲径通幽，花木扶疏，窗明几净。我们登上了春江第一楼，凭窗远望，富春江景色尽收眼底。因为高，点点风帆显得更小了，而水上的小燕子则小得无影无踪。想它们必然是仍然忙忙碌碌地在那里飞着，可惜我们一点也看不着，只能在这里想象了。山顶上树木参天，森然苍蔚。最使我吃惊的是参天的玉兰花树。碗大的白花在绿叶丛中探出头来，同北地的玉兰花一比，大小悬殊，颇使我这个北方人有点目瞪口呆了。

在山边上一座石壁下是名闻天下的严子陵钓台。宋朝大诗人苏东坡写的四个大字"登云钩月"赫然镌刻在石壁上。此地距江面相当远，钓鱼无论如何是钓不着的。遥想两千多年前，一个披着蓑衣的老头子，手持几十丈长的钓竿，垂着几十丈长的钓丝，孤零一个人，蹲在这石壁下，等候鱼儿上钩，一动也不动，宛如一个木雕泥塑。这样一幅景象，无论如何也难免有滑稽之感。古人说——姑妄言之姑妄听之。过分认真，反会大煞风景。难道宋朝的苏东坡就真正相信吗？此地自然风光，天下独绝，有此一个传说，更会增加自然风光的妩媚，我们就姑妄听之吧！

两年前，我曾畅游黄山。那里景色之奇丽瑰伟，使我大为惊叹。窃念大化造物，天造地设，独垂青于中华大地。我觉得生为一个中国人，是十分幸福的，是非常值得骄傲的。今天我又来到了富春江上。这里景色明丽，秀色天成，同样是美，但却与黄山形成了鲜明的对照。如果允许我借用一个现成的说法的话，那么一个是阳刚之美，一个是阴柔之美。刚柔不同，其美则一，同样使我惊叹。我们祖国大地，江山如此多娇，我的幸福之感，骄傲之感，便油然而生。我眼前的富春江在我眼中更增加了明丽，更增加了妩媚，仿佛是一条天上的神江了。

在这里，我忽然想到唐代诗人孟浩然的一首著名的诗《宿桐庐江寄广陵旧游》：

山暝听猿愁，沧江急夜流。
风鸣两岸叶，月照一孤舟。
建德非吾土，维扬忆旧游。
还将两行泪，遥寄海西头。

孟浩然说"建德非吾土"，在当时的情况下，这种心情是容易理解的。他忆念广陵，便觉得"建德非吾土"。到了今天，我们当然不会再有这样的感觉了，我觉得桐庐不但是"吾土"，而且是"吾土"中的精华。同黄山一样，有这样的"吾土"就是幸福的根源。非吾土的感觉我是有过的。但那是在国外，比如说瑞士。那里的山水也是十分神奇动人的，我曾为之颠倒过，迷惑过。但一想到"山川信美非吾土"，我就不禁有落寞之感。今天在富春江上，我丝毫也不会有什么落寞之感。正相反，我是越看越爱看，越爱看便越觉得幸福，在这风物如画的江上，我大有手舞足蹈之意了。

我当然也还感到有点美中不足。我从小就背诵梁代大文学家吴均的一篇名作《与宋元思书》。这封信里描绘的正是富春江的风景：

> 风烟俱净，天山共色。从流飘荡，任意东西。自富阳至桐庐，一百许里，奇山异水，天下独绝。

上面就是对这"奇山异水"的描绘，那却是非常动人的。然而他讲的是"自富阳至桐庐"，我今天刚刚到了富阳，便骤然而止。好像是一篇绝妙的文章，只读了一个开头。这难道不是天大的憾事吗？然而，这一件憾事也自有它的绝妙之处，妙在含蓄。我知道前面还有更奇丽的景色，偏偏今天就不让你看到。我望眼欲穿，向着桐庐的方向望去，根据吴均的描绘，再加上我自己的幻想，把那一百多里的奇山异水给自己描绘得如阆苑仙境，自己感到无比的快乐，我的心好像就在这些奇山异水上飞驰。等到我耳边听到有点嘈杂声，是同伴们准备回去的时候了。我抬眼四望，唯见青螺数点，微痕一抹，出没于烟雨迷蒙中。

辑四

## 做真实的自己

# 论压力

《参考消息》今年七月三日以半版的篇幅介绍了外国学者关于压力的说法。我也正考虑这个问题，因缘和合，不免唠叨上几句。

什么叫压力？上述文章中说："压力是精神与身体对内在与外在事件的生理与心理反应。"下面还列了几种特性，今略。我一向认为，定义这玩意儿，除在自然科学上可能确切外，在人文社会科学上则是办不到的。上述定义我看也就行了。

是不是每一个人都有压力呢？我认为，是的。我们常说，人生就是一场拼搏，没有压力，哪儿来的拼搏？佛家说，生、老、病、死、苦，苦也就是压力。过去的国王、皇帝，近代外国的独裁者，无法无天，为所欲为，看上去似乎一点压力都没有。然而他们却战战兢兢，时时如临大敌，担心边患，担心宫廷政变，担心被毒害被刺杀。他们是世界上最孤独的人，压力比任何人都大。大资本家钱太多了，担心股市升降，房地产价波动，等等。至于吾辈平民老百姓，"家家有一本难念的经"，这些都是压力，谁能躲得开呢？

压力是好事还是坏事？我认为是好事。从大处来看，现在全球环境污染，生态平衡破坏，臭氧层出洞，人口爆炸，新疾病丛生，等等，人们感觉到了，这当然就是压力，然而压出来的却是增强忧患意识，增强防范措施，这难道不是天大的好事吗？对一般人来说，法律和其他一切合理的规章制度，都是压力。然而这些压力何等好啊！没有它们，社会将会陷入混乱，人类将无法生存。这个道理极其简单明了，一说就懂。我举自己做一个例子。我不是一个没有名利思想的人——我怀疑真有这种人，过去由于一些我曾经说过的原因，表面上看起来，我似乎是淡泊名利，其实那多半是假象。但是，到了今天，我已至望九之年，名利对我已经没有什么用，用不着再争名于朝，争利于市，这方面的压力没有了。但是却来了另一方面的压力，主要来自电台采访和报刊以及友人约写文章。这对我形成颇大的压力。以写文章而论，有的我实在不愿意写，可是碍于面子，不得不应。应就是压力。于是"拨冗"苦思，往往能写出有点新意的文章。对我来说，这就是压力的好处。

压力如何排除呢？粗略来分类，压力来源可能有两类：一被动,一主动。天灾人祸,意外事件,属于被动,这种压力,无法预测,只有泰然处之,切不可杞人忧天;主动的来源于自身,自己能有所作为。我的"三不主义"的第三条是"不嘀咕",我认为,能做到遇事不嘀咕,就能排除自己造成的压力。

一九九八年七月八日

# 论恐惧

法国大散文家和思想家蒙田写过一篇散文《论恐惧》。他一开始就说：

> 事实并不像人们想象的那样，我不是研究人类本性的学者，搞不清恐惧在我们身上的作用途径。

我当然更不是一个研究人类本性的学者，虽然在高中时候读过心理学这样一门课，但其中是否讲到过恐惧，早已忘到爪哇国去了。

可我为什么现在又写《论恐惧》这样一篇文章呢？

理由并不太多，也谈不上堂皇。只不过是因为我常常思考这个问题，而今又受到了蒙田的启发而已。好像是蒙田给我出了这样一个题目。

根据我读书思考的结果，也根据我自己的经验，恐惧这一种心理活动和行动是异常复杂的,绝不是三言两语所能说得清楚的。人们可以从很多角度来探讨恐惧问题,我现在谈一下我自己从一个特定角度上来研究恐惧现象的想法,当然也只能极其概括、极其笼统地谈。

我认为,应当恐惧而恐惧者是正常的。应当恐惧而不恐惧者是英雄。我们平常所说的从容镇定,处变不惊,就是指的这个。不应当恐惧而恐惧者是孱头。不应当恐惧而不恐惧者也是正常的。

两个正常的现象用不着讲,我现在专讲两个不正常的现象。要举事例,那就不胜枚举。我索性专门从《晋书》里面举出两个事例,两个都与苻坚有关。《晋书·谢安传》中有一段话:

> 玄等既破坚,有驿书至,安方对客围棋,看书既竟,便摄放床上,了无喜色,棋如故。客问之,徐答云:"小儿辈遂已破贼。"

苻坚大兵压境,作为大臣的谢安理当恐惧不安,然而他竟这样从容镇定,至今传颂不已。所以我称之为英雄。

《晋书·苻坚传》有下面这几段话:

谢石等以既败梁成，水陆继进。坚与苻融登城而望王师，见部阵齐整，将士精锐，又北望八公山上草木，皆类人形，顾谓融曰："此亦劲敌也，何谓少乎！"怃然有惧色。

下面又说：

坚大惭，顾谓其夫人张氏曰："朕若用朝臣之言，岂见今日之事邪！当何面目复临天下乎？"潸然流涕而去，闻风声鹤唳，皆谓晋师之至。

这活生生地刻画出了一个孱头。敌兵压境，应当振作起来，鼓励士兵，同仇敌忾，可是苻坚自己却先泄了气。这样的人不称为孱头，又称之为什么呢？结果留下了两句著名的话："风声鹤唳，草木皆兵。"至今还流传在人民的口中，也可以说是流什么千古了。

如果想从《论恐惧》这一篇短文里吸取什么教训的话，那就是明明白白摆在眼前的：我们都要锻炼自己，对什么事情都不要惊慌失措，而要处变不惊。

二〇〇一年三月十三日

# 漫谈撒谎

## 一

世界上所有的堂堂正正的宗教，以及古往今来的贤人哲士，无不教导人们：要说实话，不要撒谎。笼统来说，这是无可非议的。

最近读日本稻盛和夫、梅原猛著，卞立强译的《回归哲学》，第四章有梅原和稻盛二人关于不撒谎的议论。梅原说："不撒谎是最起码的道德。自己说过的事要实行，如果错了就说错了——我希望现在的领导人能做到这样最普通的事。苏格拉底可以说是最早的哲学家。在苏格拉底之前有些人自称是诡辩家、智者。所谓诡辩家，就是能把白的说成黑的，站在A方或反A方同样都可以辩论。这样的诡辩家教授辩论术，曾经博得人们欢迎。原因是政治需要颠倒黑白的辩论术。"

在这里，我想先对梅原的话加上一点注解。他所说的"现在的领导人"，指的是像日本这样国家的政客。他所说的"政治需要颠倒黑白的辩论术"，指的是古代希腊的政治。

梅原在下面又说："苏格拉底通过对话揭露了掌握这种辩论术的诡辩家的无智。因而他宣称自己不是诡辩家，不是智者，而是'爱智者'。这是最初的哲学。我认为哲学家应当回归其原点，恢复语言的权威。也就是说，道德的原点是'不撒谎'……不撒谎是道德的基本和核心。"

梅原把"不撒谎"提高到"道德的原点"的高度，可见他对这个问题是多么重视，我们且看一看他的对话者稻盛是怎样对待这个问题的。稻盛首先表示同意梅原的意见。可是，随后他就撒谎问题做了一些具体的分析。他讲到自己的经历。他说，有一个他景仰的颇有点浪漫气息的人对他说："稻盛，不能说假话，但也不必说真话。"他听了这话，简直高兴得要跳起来。接着他就写了下面一段话："我从小父母也是严格教导我不准撒谎。我当上了经营的负责人之后，心里还是这么想：'说谎可不行啊！'可是，在经营上有关企业的机密和人事等问题，有时会出现很难说真话的情况。我想我大概是为这些难题苦恼时而跟他商量的。他的这种回答在最低限度上贯彻了'不撒谎'的态度，但又不把真实情况和盘托出。这样就可以求得局面的打开。"

上面我引用了两位日本朋友的话,一位是著名的文学家,一位是著名的企业家,他们俩都在各自的行当内经过了多年的考验与磨炼,都富于人生经验。他们的话对我们会有启发的。我个人觉得,稻盛引用的他那位朋友的话"不能说假话,但也不必说真话",最值得我们深思。我的意思就是,对撒谎这类社会现象,我们要进行细致的分析。

二

我们中国的父母,同日本稻盛的父母一样,也总是教导子女:不要撒谎。可怜天下父母心,总希望自己的子女能做一个堂堂正正的人,一个诚实可靠的人。如果子女撒谎成性,就觉得自己脸面无光。

不但父母这样教导,我们从小受教育也接受这样要诚实、不撒谎的教育。我记得小学教科书上讲了一个故事,内容是:一个牧童在村外牧羊,有一天忽然想出了一个坏点子,大声狂呼:"狼来了!"村里的人听到呼声,都争先恐后地拿上棍棒,带上斧刀,跑往村外。到了牧童所在的地方,那牧童却哈哈大笑,看到别人慌里慌张,觉得很开心,又很得意。谁料过了不久，果真有狼来了。牧童再狂呼时，村里的人却毫无动静，他们上当受骗一次，不想重蹈覆辙。牧童的结果怎样，就用不着再说了。

所有这一些教导都是好的，但是也有一个共同的缺点，就是缺乏分析。

上面我说到，稻盛对撒谎问题是进行过一些分析的。同样，几百年前的法国大散文家蒙田（1533—1592年），对撒谎问题也是做过分析的。在《蒙田随笔》上卷，第九章《论撒谎》，蒙田写道："有人说，感到自己记性不好的人，休想撒谎，这样说不无道理。我知道，语法学家对说假话和撒谎是做区别的。他们说，说假话是指说不真实的，但却信以为真的事，而撒谎一词源于拉丁语（我们的法语就源于拉丁语），这个词的定义包含违背良知的意思，因此只涉及那些言与心违的人。"

大家一琢磨就能够发现，同样是分析，但日本朋友和蒙田的着眼点和出发点，都是不同的。其间区别是相当明显，用不着再来啰唆。

记得鲁迅先生有一篇文章，讲的是一个阔人生子庆祝，宾客盈门，竞相献媚。有人说：此子将来必大富大贵。主人喜上眉梢。又有人说：此子将来必长命百岁。主人乐在心头。忽然有一个人说：此子将来必死。主人怒不可遏。但是，究竟谁说的是实话呢？

　　写到这里，我自己想对撒谎问题来进行点分析。我觉得，德国人很聪明，他们有一个词notluese，意思是"出于礼貌而不得不撒的谎"。一般说来，不撒谎应该算是一种美德，我们应该提倡。但是不能顽固不化。假如你被敌人抓了去，完全说实话是不道德的，而撒谎则是道德的。打仗也一样。我们古人说"兵不厌诈"，你能说这是不道德吗？我想，举了这两个小例子，大家就可以举一反三了。

一九九六年十二月七日

# 成功

什么叫成功？顺手拿来一本《现代汉语词典》，上面写道："成功：获得预期的结果。"言简意赅，明白之至。

但是，谈到"预期"，则错综复杂，纷纭混乱。人人每时每刻每日每月都有大小不同的预期，有的成功，有的失败，总之是无法界定，也无法分类，我们不去谈它。

我在这里只谈成功，特别是成功之道。这又是一个极大的题目，我却只是小做。积七八十年之经验，我得到下面这个公式：

天资＋勤奋＋机遇＝成功

"天资"，我本来想用"天才"。但天才是个稀见现象，其中不少是"偏才"，所以我弃而不用，改用"天资"。大家一看就明白。这个公式实在是过分简单化了，但其中的含义是清楚的。搞得太烦琐，反而不容易说清楚。

谈到天资，首先必须承认，人与人之间天资是不相同的。这是一个事实，谁也否定不掉。"十年浩劫"中，自命天才的人居然号召大批天才。葫芦里卖的是什么药，至今不解。到了今天，学术界和文艺界自命天才的人颇不稀见，我除了羡慕这些人"自我感觉过分良好"外，不敢赞一词。对于自己的天资，我看，还是客观一点好，实事求是一点好。

至于勤奋，一向为古人所赞扬。囊萤、映雪、悬梁、刺股等故事流传了千百年，家喻户晓。韩文公的"焚膏油以继晷，恒兀兀以穷年"，更为读书人所向往。如果不勤奋，则天资再高也毫无用处。事理至明，无待饶舌。

谈到机遇，往往为人所忽视。它其实是存在的，而且有时候影响极大。就以我为例，如果清华不派我到德国去留学，则我的一生完全不会像现在这个样子。

把成功的三个条件拿来分析一下，天资是由"天"来决定的，我们无能为力。机遇是不期而来的，我们也无能为力。只有勤奋一项完全是我们自己决定的，我们必须在这一项上狠下功夫。在这里，古人的教导也多得很。还是先举韩文公。他说："业精于勤荒于嬉，行成于思毁于随。"这两句话是大家都熟悉的。

王静安在《人间词话》中说："古今之成大事业、大学问者，必经过三种之境界：'昨夜西风凋碧树。独上高楼，望尽天涯路'，此第一境也。'衣带渐宽终不悔，为伊消得人憔悴'，此第二境也。'众里寻他千百度，蓦然回首，那人却在，灯火阑珊处'，此第三境也。"静安先生第一境写的是预期，第二境写的是勤奋，第三境写的是成功。其中没有写天资和机遇。我不敢说这是他的疏漏，因为写的角度不同。但是我认为，补上天资与机遇，似更为全面。我希望，大家都能拿出"衣带渐宽终不悔"的精神来做学问或干事业，这是成功的必由之路。

二〇〇〇年一月七日

# 做真实的自己

在人的一生中,思想感情的变化总是难免的。连寿命比较短的人都无不如此,何况像我这样寿登耄耋的老人!

我们舞笔弄墨的所谓"文人",这种变化必然表现在文章中。到了老年,如果想出文集的话,怎样来处理这样一些思想感情前后有矛盾,甚至天翻地覆的矛盾的文章呢?这里就有两种办法。在过去,有一些文人,悔其少作,竭力掩盖自己幼年挂屁股帘的形象,尽量删削年轻时的文章,使自己成为一个一生一贯正确,思想感情总是前后一致的人。

我个人不赞成这种做法,认为这有点作伪的嫌疑。我主张,一个人一生是什么样子,年轻时怎样,中年怎样,老年又怎样,都应该如实地表达出来。在某一阶段上,自己的思想感情有了偏颇,甚至错误,决不应加以掩饰,而应该堂堂正正地承认。这样的文章决不应任意删削或者干脆抽掉,而应该完整地加以保留,以存真相。

在我的散文和杂文中,我的思想感情前后矛盾的现象,是颇能找出一些来的。比如对中国社会某一个阶段的歌颂,对某一个人的崇拜与歌颂,在写作的当时,我是真诚的;后来感到一点失望,我也是真诚的。这些文章,我都毫不加以删改,统统保留下来。不管现在看起来是多么幼稚,甚至多么荒谬,我都不加掩饰,目的仍然是存真。

像我这样性格的一个人,我是颇有点自知之明的。我离一个社会活动家,是有相当大的距离的。我本来希望像我的老师陈寅恪先生那样,淡泊以明志,宁静以致远,不求闻达,毕生从事学术研究,又绝不是不关心国家大事,绝不是不爱国,那不是中国知识分子的传统。然而阴差阳错,我成了现在这样一个人。应景文章不能不写,写序也推托不掉,"春花秋月何时了,开会知多少",会也不得不开。事与愿违,尘根难断,自己已垂垂老矣,改弦更张,只有俟诸来生了。

# 满招损,谦受益

这本来是中国一句老话,来源极古,《尚书·大禹谟》中已经有了,以后历代引用不辍,一直到今天,还经常挂在人们嘴上。可见此话道出了一个真理,经过将近三千年的检验,益见其真实可靠。

这话适用于干一切工作的人,做学问何独不然?可是,怎样来解释呢?

根据我自己的思考与分析,满(自满)只有一种:真。假自满者,未之有也。吹牛皮,说大话,那不是自满,而是骗人。谦(谦虚)却有两种,一真一假。假谦虚的例子,真可以说是俯拾即是。故作谦虚状者,比比皆是。中国人的"菲酌""拙作"之类的词,张嘴即出。什么"指正""斧正""哂正"之类的送人自己著作的谦词,谁都知道是假的,然而谁也必须这样写。这种谦词已经深入骨髓,不给任何人留下任何印象。日本人赠人礼品,自称"粗品"者,也属于这一类。这种虚伪的谦虚不会使任何人受益。西方人无论如何也是不能理解的。为什么拿"菲酌"而不拿盛宴来宴请客人?为什么拿"粗品"而不拿精品送给别人?对西方人简直是一个谜。

我们要的是真正的谦虚,做学问更是如此。如果一个学者,不管是年轻的,还是中年的、老年的,觉得自己的学问已经够大了,没有必要再进行学习了,他就不会再有进步。事实上,不管你搞哪一门学问,决不会有搞得完全彻底一点问题也不留的。人即使能活上一千年,也是办不到的。因此,在做学问上谦虚,不但表示这个人有道德,也表示这个人是实事求是的。

在当今中国的学坛上,自视甚高者,所在皆是;而真正虚怀若谷者,则绝无仅有。我不认为这是一个好现象。有不少年轻的学者,写过几篇论文,出过几册专著,就傲气凌人。这不利于他们的进步,也不利于中国学术前途的发展。

我自己怎样呢?我总觉得自己不行。我常常讲,我是样样通,样样松。我一生勤奋不辍,天天都在读书写文章,但一遇到一个必须深入或更深入钻研的问题,就觉得自己知识不够,有时候不得不临时抱佛脚。人们都承认,自知之明极难;有时候,我却觉得,自己的"自知之明"过了头,不是虚心,而是心虚了。因此,我从来没有觉得自满过。这当然可以说是一个好现象。但是，我又遇到了极大的矛盾：我觉得真正行的人也如凤毛麟角。我总觉得，好多学人不够勤奋，天天虚度光阴。我经常处在这种心理矛盾中。别人对我的赞誉，我非常感激；但是，我并没有被这些赞誉冲昏了头脑，我头脑是清楚的。我只劝大家，不要全信那一些对我赞誉的话，特别是那一些顶高得惊人的帽子，我更是受之有愧。

# 做人与处世

一个人活在世界上，必须处理好三个关系：第一，人与大自然的关系；第二，人与人的关系，包括家庭关系在内；第三，个人心中思想与感情矛盾与平衡的关系。这三个关系，如果能处理得好，生活就能愉快；否则，生活就有苦恼。

人本来也是属于大自然范畴的。但是，人自从变成了"万物之灵"以后，就同大自然闹起独立来，有时竟成了大自然的对立面。人类的衣食住行所有的资料都取自大自然，我们向大自然索取是不可避免的。关键是怎样去索取。索取手段不出两途：一用和平手段，一用强制手段。我个人认为，东西文化之分野，就在这里。西方对待大自然的基本态度或指导思想是"征服自然"，用一句现成的套话来说，就是用处理敌我矛盾的方法来处理人与大自然的关系。结果呢，从表面上看上去，西方人是胜利了，大自然真的被他们征服了。自从西方产业革命以后，西方人屡创奇迹。楼上楼下，电灯电话。大至宇宙飞船，小至原子，无一不出自西方"征服者"之手。

然而，大自然的容忍是有限度的，它是能报复的，它是能惩罚的。报复或惩罚的结果，人皆见之，比如环境污染，生态失衡，臭氧层出洞，物种灭绝，人口爆炸，淡水资源匮乏，新疾病产生，如此等等，不一而足。这些弊端中哪一项不解决都能影响人类生存的前途。我并非危言耸听，现在全世界人民和政府都高呼环保，并采取措施。古人说："失之东隅，收之桑榆。"犹未为晚。

中国或者东方对待大自然的态度或哲学基础是"天人合一"。宋人张载说得最简明扼要："民吾同胞，物吾与也。""与"的意思是伙伴。我们把大自然看作伙伴，可惜我们的行为没能跟上。在某种程度上，也采取了"征服自然"的办法，结果也受到了大自然的报复，前不久南北的大洪水不是很能发人深省吗？

至于人与人的关系，我的想法是：对待一切善良的人，不管是家属，还是朋友，都应该有一个两字箴言：一曰真，二曰忍。真者，以真情实意相待，不允许弄虚作假。对待坏人，则另当别论。忍者，相互容忍也。日子久了，难免有点磕磕碰碰。在这时候，头脑清醒的一方应该能够容忍。如果双方都不冷静，必致因小失大，后果不堪设想。唐朝张公艺的"百忍"

是历史上有名的例子。

至于个人心中思想感情的矛盾,则多半起于私心杂念。解之之方,唯有消灭私心,学习诸葛亮的"淡泊以明志,宁静以致远",庶几近之。

一九九八年十一月十七日

辑五

# 一寸光阴不可轻

# 论朋友

人类是社会动物。一个人在社会中不可能没有朋友。任何人的一生都是一场搏斗。在这一场搏斗中，如果没有朋友，则形单影只，鲜有不失败者。如果有了朋友，则众志成城，鲜有不胜利者。

因此，在人类几千年的历史上，任何国家，任何社会，没有不重视交友之道的，而中国尤甚。在宗法伦理色彩极强的中国社会中，朋友被尊为五伦之一，曰"朋友有信"。我又记得什么书中说："朋友，以义合者也。""信""义"含义大概有相通之处。后世多以"义"字来要求朋友关系，比如《三国演义》"桃园三结义"之类就是。

《说文》对"朋"字的解释是"凤飞，群鸟从以万数，故以为'朋党'字"。"凤"和"朋"大概只有轻唇音重唇音之别。对"友"的解释是"同志为友"。意思非常清楚。中国古代，肯定也有"朋友"二字连用的，比如《孟子》。《论语》

"有朋自远方来,不亦乐乎!"却只用一个"朋"字。不知从什么时候起,"朋友"才经常连用起来。

在中国几千年的历史上,重视友谊的故事不可胜数。最著名的是管鲍之交,钟子期和伯牙的故事,等等。刘、关、张三结义更是有口皆碑。一直到今天,我们还讲究"哥们义气",发展到最高程度,就是"为朋友两肋插刀"。只要不是结党营私,我们是非常重视交朋友的。我们认为,中国古代把朋友归入五伦是有道理的。

我们现在看一看欧洲人对友谊的看法。欧洲典籍数量虽然远远比不上中国,但是,称之为汗牛充栋也是当之无愧的。我没有能力来旁征博引,只能根据我比较熟悉的一部书来引证一些材料,这就是法国著名的《蒙田随笔》。

《蒙田随笔》上卷,第二十八章,是一篇叫作《论友谊》的随笔。其中有几句话:

> 我们喜欢交友胜过其他一切,这可能是我们本性所使然。亚里士多德说,好的立法者对友谊比对公正更关心。

寥寥几句,充分说明西方对友谊之重视。蒙田接着说:

自古就有四种友谊：血缘的、社交的、待客的和男女情爱的。

这使我立即想到，中西对友谊含义的理解是不相同的。根据中国的标准，"血缘的"不属于友谊，而属于亲情。"男女情爱的"也不属于友谊，而属于爱情。对此，蒙田有长篇累牍的解释，我无法一一征引。我只举他对爱情的几句话：

爱情一旦进入友谊阶段，也就是说，进入意愿相投的阶段，它就会衰落和消逝。爱情是以身体的满足为目的，一旦享有了，就不复存在。相反，友谊越被人向往，就越被人享有，友谊只是在获得以后才会升华、增长和发展，因为它是精神上的，心灵会随之净化。

这一段话，很值得我们仔细推敲、品味。

一九九九年十月二十六日

# 难得糊涂

清代郑板桥提出来的亦书写出来的"难得糊涂"四个大字,在中国,真可以说是家喻户晓,尽人皆知的。一直到今天,二百多年过去了,但在人们的文章里,讲话里,以及嘴中常用的口语中,这四个字还经常出现,人们都耳熟能详。

我也是难得糊涂党的成员。

不过,在最近几个月中,在经过了一场大病之后,我的脑筋有点开了窍。我逐渐发现,糊涂有真假之分,要区别对待,不能眉毛胡子一把抓。

什么叫真糊涂,而什么又叫假糊涂呢?

用不着做理论上的论证,只举几个小事例就足以说明了。例子就从郑板桥举起。

郑板桥生在清代乾隆年间,所谓康乾盛世的下一半。所谓盛世历代都有,实际上是一块其大无垠的遮羞布。在这块布下面,一切都照常进行。只是外寇来得少,人民作乱者寡,大部分人能勉强吃饱了肚子,"不识不知,顺帝之则"了。最高统治者的宫廷斗争,仍然是血腥淋漓,外面小民是不会知道的。历代的统治者都喜欢没有头脑没有思想的人;有这两个条件的只是士这个阶层。所以士一直是历代统治者的眼中钉。可离开他们又不行。于是胡萝卜与大棒并举。少部分争取到皇帝帮闲或帮忙的人,大致已成定局。等而下之,一大批士都只有一条向上爬的路——科举制度。成功与否,完全看自己的运气。翻一翻《儒林外史》,就能洞悉一切。但同时皇帝也多以莫须有的罪名大兴文字狱,杀鸡给猴看。统治者就这样以软硬兼施的手法,统治天下。看来大家都比较满意。但是我认为,这是真糊涂,如影随形,就在自己身上,并不"难得"。

我的结论是:真糊涂不难得,真糊涂是愉快的,是幸福的。

此事古已有之,历代如此。楚辞所谓"举世皆浊我独清,众人皆醉我独醒"。所谓"醉",就是我说的糊涂。

可世界上还偏有郑板桥这样的人,虽然人数极少极少,但毕竟是有的。他们为天地留了点正气。他已经考中了进士。据清代的一本笔记上说,由于他的书法不是台阁体,没能点上翰林,只能外放当一名知县,"七品官耳"。他在山东潍县做了一任县太爷,又偏有良心,同情小民疾苦,有在潍县衙斋里所作的诗为证。结果是上官逼，同僚挤，他忍受不了，只好丢掉乌纱帽，到扬州当八怪去了。他一生诗书画中都有一种愤懑不平之气，有如司马迁的《史记》。他倒霉就倒霉在世人皆醉而他独醒，也就是世人皆真糊涂而他独必须装糊涂，假糊涂。

我的结论是：假糊涂才真难得，假糊涂是痛苦，是灾难。

现在说到我自己。

我初进三〇一医院的时候，始终认为自己患的不过是癣疥之疾。隔壁房间里主治大夫正与北大校长商议发出病危通告，我这里却仍然嬉皮笑脸，大说其笑话。住医院里的四十六天，我始终没有危机感。现在想起来，真正后怕。原因就在，我是真糊涂，极不难得，极为愉快。

我虔心默祷上苍，今后再也不要让真糊涂进入我身，我宁愿一生背负假糊涂这一个十字架。

# 走运与倒霉

走运与倒霉,表面上看起来,似乎是绝对对立的两个概念。世人无不想走运,而绝不想倒霉。

其实,这两件事是有密切联系的,互相依存的,互为因果的。说极端了,简直是一而二二而一者也。这并不是我的发明创造。两千多年前的老子已经发现了,他说:"祸兮福之所倚,福兮祸之所伏,孰知其极?其无正。"老子的"福"就是走运,他的"祸"就是倒霉。

走运有大小之别,倒霉也有大小之别,而两者往往是相通的。走的运越大,则倒的霉也越惨,两者之间成正比。中国有一句俗话说:"爬得越高,跌得越重。"形象生动地说明了这种关系。

吾辈小民,过着平平常常的日子,天天忙着吃、喝、拉、撒、睡,操持着柴、米、油、盐、酱、醋、茶。有时候难免走点小运,有的是主动争取来的,有的是时来运转,好运从天上掉下来的。高兴之余，不过喝上二两二锅头，飘飘然一阵了事。但有时又难免倒点小霉，"闭门家中坐，祸从天上来"，没有人去争取倒霉的。倒霉以后，也不过心里郁闷几天，对老婆孩子发点小脾气，转瞬就过去了。

但是，历史上和眼前的那些大人物和大款，他们一身系天下安危，或者系一个地区、一个行当的安危。他们得意时，比如打了一个大胜仗，或者倒卖房地产、炒股票，发了一笔大财，意气风发，踌躇满志，自以为天上天下，唯我独尊。"固一世之雄也"，岂二两二锅头了得！然而一旦失败，不是自刎乌江，就是从摩天高楼跳下，"而今安在哉！"。

从历史上到现在，中国知识分子有一个"特色"，这在西方国家是找不到的。中国历代的诗人、文学家，不倒霉则走不了运。司马迁在《太史公自序》中说："昔西伯拘羑里，演《周易》；孔子厄陈、蔡，作《春秋》；屈原放逐，著《离骚》；左丘失明，厥有《国语》；孙子膑脚，而论兵法；不韦迁蜀，世传《吕览》；韩非囚秦，《说难》《孤愤》；《诗》三百篇，大抵贤圣发愤之所为作也。"司马迁算的这个总账，后来并没有改变。汉以后所有的文学大家，都是在倒霉之后，才写出了震古烁今的杰作。像韩愈、苏轼、李清照、李后主等一批人，莫不皆然。从来没有过状元宰相成为大文学家的。

了解了这一番道理之后，有什么意义呢？我认为，意义是重大的。它能够让我们头脑清醒，理解祸福的辩证关系；走运时，要想到倒霉，不要得意过了头；倒霉时，要想到走运，不必垂头丧气。心态始终保持平衡，情绪始终保持稳定，此亦长寿之道也。

一九九八年十一月二日

# 漫谈消费

蒙组稿者垂青,要我来谈一谈个人消费。这实在不是最佳选择,因为我的个人消费绝无任何典型意义。如果每个人都像我这样,商店几乎都要关门大吉。商店越是高级,我越敬而远之。店里那一大堆五光十色、争奇斗艳的商品,有的人见了简直会垂涎三尺,我却是看到就头痛。而且窃作腹诽:在这些无限华丽的包装内包的究竟是什么货色,只有天晓得。我觉得人们似乎越来越蠢,我们所能享受的东西,不过只占广告费和包装费的一丁点,我们是让广告和包装牵着鼻子走的,愧为"万物之灵"。

谈到消费,必须先谈收入。组稿者让我讲个人的情况,而且越具体越好。我就先讲我个人的具体收入情况。我在二十世纪五十年代被评为一级教授,到现在已经四十多年了,尚留在世间者已为数不多,可以被视为珍稀动物,通称为"老一级"。在北京工资区——大概是六区——每月三百四十五元,再加上中国科学院哲学社会科学部委员，每月津贴一百元，这个数目今天看起来实为微不足道，然而在当时却是一个颇大的数目，十分"不菲"。我举两个具体的例子：吃一次"老莫"（莫斯科餐厅），要花一元五角到两元，汤菜俱全，外加黄油面包，还有啤酒一杯；如果吃烤鸭，也不过六七块钱一只，其余依此类推。只需同现在的价格一比，其悬殊立即可见，从工资收入方面来看，这是我一生最辉煌的时期之一。这是以后才知道的，"当时只道是寻常"。到了今天，"老一级"的光荣桂冠仍然戴在头上，沉甸甸的，又轻飘飘的，心里说不出是什么滋味，实际情况却是"昔人已乘黄鹤去，此地空余老桂冠"。我很感谢，不知道是哪一位朋友发明了"工薪阶层"这一个词，这真不愧是天才的发明，幸乎不幸乎？我也归入了这一个"工薪阶层"的行列。听有人说，在某一个城市的某大公司里设有"工薪阶层"专柜，专门对付我们这一号人的。如果真正有的话，这也不愧是一个天才的发明。俗话说："识时务者为俊杰"，他们都是不折不扣的"俊杰"。

我这个"老一级"每月究竟能拿多少钱呢？要了解这一点，必须先讲一讲今天的分配制度。现在的分配制度，同二十世纪五十年代相比，有了极大的不同，当年在大学里工作的人主要靠工资生活，不懂什么"第二职业"，也不允许有"第二职业"。谁要这样想，这样做，那就是典型的资产阶级思想，是同无产阶级思想对着干的，是最犯忌讳的。今天却大改其道。学校里颇有一些人有种种形式的"第二职业"，甚至"第三职业"。原因十分简单：如果只靠自己的工资，那就生活不下去。以我这个"老一级"为例，账面上的工资我是北大教员中最高的。我每月领到的工资，七扣八扣，拿到手的平均七百元至八百元。保姆占掉一半，天然气费、电话费等，约占掉剩下的四分之一。我实际留在手的只有三百元左右，我要用这些钱来付全体在我家吃饭的四个人的饭钱，这些钱连供一个人吃饭都有点捉襟见肘，何况四个人！"老莫"、烤鸭之类，当然可望而不可即。

可是我的生活水平，如果不是提高的话，也绝没有降低。难道我点金有术吗？非也。我也有第×职业。这就是爬格子。格子我已经爬了六十多年，渐渐地爬出一些名堂来。时不时地就收到稿费，很多时候，我并不知道是哪一篇文章换来的。外文楼收发室的张师傅说："季羡林有三多，报纸杂志多，有十几种，都是赠送的；来信多，每天总有五六封，来信者男女老幼都有，大都是不认识的人；汇单多。"我绝非守财奴，但是一见汇款单，则心花怒放。爬格子的劲头更加昂扬起来。我没有做过统计，不知道每月究竟能收到多少钱。反正，对每月手中仅留三百元钱的我来说，从来没有感到拮据，反而能大把大把地送给别人或者家乡的学校。我个人的生活水平，确有提高。我对吃，从来没有什么要求。早晨一般是面包或者干馒头，一杯清茶，一碟炒花生米，从来不让人陪我凌晨四点起床，给我做早饭。午晚两餐，素菜为多。我对肉类没有好感。这并不是出于什么宗教信仰，我不是佛教徒，其他教徒也不是。我并不宣扬素食主义。我的舌头也没有生什么病，好吃的东西我是能品尝的。不过我认为，如果一个人成天想吃想喝，仿佛人生的意义与价值就在于吃喝二字。我真觉得无聊，"斯下矣"，食足以果腹，不就够了吗？因此，据小保姆告诉，我们四个人的伙食费不过五百多元而已。

至于衣着，更不在我考虑之列。在这方面，我是一个"利己主义者"。衣足以蔽体而已，何必追求豪华。一个人穿衣服，是给别人看的。如果一个人穿上十分豪华的衣服，打扮得珠光宝气，天天坐在穿衣镜前，自我欣赏，他（她）不是一个疯子，就是一个傻子。如果只是给别人去看，则观看者的审美能力和审美标准，千差万别，你满足了这一帮人，必然开罪于另一帮人，决不能使人人都高兴，皆大欢喜。反不如我行我素，我就是这一身打扮，你爱看不看，反正我不能让你指挥我，我是个完全自由自主的人。

因此，我的衣服，多半是穿过十年八年或者更长时间的，多半属于博物馆中的货色。俗话说："人靠衣裳马靠鞍"，以衣取人，自古已然，于今犹然。我到大店里去买东西，难免遭受花枝招展的年轻女售货员的白眼。如果有保卫干部在场，他恐怕会对我多加小心，我会成为他的重点监视对象。好在我基本上不进豪华大商店，这种尴尬局面无从感受。

讲到穿衣服，听说要"赶潮"，就是要赶上时代潮流，每季每年都有流行款式，我对这些都是完全的外行。我有我的老主意：以不变应万变。一身蓝色的卡其布中山装，春、夏、秋、冬，永不变化。所以我的开支项下，根本没有衣服这一项。你别说，我们那一套"三十年河东，三十年河西"的"哲学"有时对衣着款式也起作用。我曾在解放前的一九四六年在上海买过一件雨衣，至今仍然穿。有的专家说："你这件雨衣的款式真时髦！"我听了以后，大惑不解。经专家指点，原来五十多年流行的款式经过了漫长的沧桑岁月，经过了不知道多少变化，现在又在螺旋式上升的规律的指导下，回到了五十多年前的款式。我恭听之余，大为兴奋。我守株待兔，终于守到了。人类在衣着方面的一点小聪明，原来竟如此脆弱！

我在本文一开头就说，在消费方面我绝不是一个典型的代表。看了我自己的叙述，谁都会同意我这个说法的。但是，人类社会极其复杂，芸芸众生，有一箪食一瓢饮者，也有食前方丈、一掷千金者。绫罗绸缎、皮尔·卡丹、燕窝鱼翅、生猛海鲜，这样的人当然也会有的。如果全社会都是我这一号的人，则所有的大百货公司都会关张的，那岂不太可怕了吗？所以，我并不提倡大家以我为师，我不敢这样狂妄。不过，话又说了回来，我仍然认为：吃饭穿衣是为了活着，但是活着绝不是为了吃饭穿衣。

# 毁誉

好誉而恶毁,人之常情,无可非议。

古代豁达之人倡导把毁誉置之度外。我则另持异说,我主张把毁誉置之度内。置之度外,可能表示一个人心胸开阔,但是,我有点担心,这有可能表示一个人的糊涂或颟顸。

我主张对毁誉要加以细致的分析。首先要分清:谁毁你?谁誉你?在什么时候?在什么地方?由于什么原因?这些情况弄不清楚,只谈毁誉,至少是有点模糊。

我记得在什么笔记上读到过一个故事。一个人最心爱的人,只有一只眼。于是他就觉得天下人(一只眼者除外)都多长了一只眼。这样的毁誉能靠得住吗?

还有我们常常讲什么"党同伐异",又讲什么"臭味相投"等。这样的毁誉能相信吗?

孔门贤人子路"闻过则喜",古今传为美谈。我根本做不到,而且也不想做到,因为我要分析:是谁说的?在什么时候,在什么地点,因为什么而说的?分析完了以后,再定"则喜",或是"则怒"。喜,我不会过头。怒,我也不会火冒十丈,怒发冲冠。孔子说:"野哉,由也!"大概子路是一个粗线条的人物,心里没有像我上面说的那些弯弯绕。

我自己有一个颇为不寻常的经验。我根本不知道世界上有某一位学者,过去对于他的存在,我一点都不知道,然而,他却同我结了怨。因为,我现在所占有的位置,他认为本来是应该属于他的,是我这个"鸠"把他这个"鹊"的"巢"给占据了。因此,勃然对我心怀不满。我被蒙在鼓里,很久很久,最后才有人透了点风给我。我不知道,天下竟有这种事,只能一笑置之。不这样又能怎样呢?我想向他道歉,挖空心思,也找不出丝毫理由。

大千世界,芸芸众生,由于各人禀赋不同,遗传基因不同,生活环境不同,所以各人的人生观、世界观、价值观、好恶观等,都不会一样,都会有点差别。比如吃饭,有人爱吃辣,有人爱吃咸,有人爱吃酸,如此等等。又比如穿衣,有人爱红,有人爱绿,有人爱黑,如此等等。在这种情况下,最好是各人自是其是,而不必非人之非。俗语说:"各人自扫门前雪,不管他人瓦上霜。"这话本来有点贬义,我们可以正用。每个人都会有友,也会有"非友",我不用"敌"这个词,避免误会。友，难免有誉；非友，难免有毁。碰到这种情况，最好抱上面所说的分析的态度，切不要笼而统之，一锅糊涂粥。

好多年来，我曾有过一个"良好"的愿望：我对每个人都好，也希望每个人对我都好。只望有誉，不能有毁。最近我恍然大悟，那是根本不可能的。如果真有一个人，人人都说他好，这个人很可能是一个极端圆滑的人，圆滑到琉璃球又能长只脚的程度。

一九九七年六月二十三日于同仁医院

# 一寸光阴不可轻

中华乃文章大国,北大为人文渊薮,两者实有密不可分的联系,倘机缘巧遇,则北大必能成为产生文学家的摇篮。五四运动时期是一个具体的例证,最近几十年来又是一个鲜明的例证。在这两个时期的中国文坛上,北大人灿若列星。这一个事实我想人们都会承认的。

最近若干年来,我实在忙得厉害,像二十世纪五十年代那样在教书和搞行政工作之余,还能有余裕的时间读点当时的文学作品的"黄金时代"一去不复返了。不过,幸而我还不能算是一个懒汉,在"内忧""外患"的罅隙里,我总要挤出点时间来,读一点北大青年学生的作品。《校刊》上发表的文学作品,我几乎都看。前不久我读到《北大往事》,这是北大二十世纪七十、八十、九十三个年代的青年回忆和写北大的文章。其中有些篇思想新鲜活泼,文笔清新俊逸,真使我耳目为之一新。中国古人说:"雏凤清于老凤声。"我——如果大家允许我也在其中滥竽一席的话——和我们这些"老凤",真不能不向你们这一批"雏凤"投过去羡慕和敬佩的眼光了。

但是,中国古人又说:"满招损,谦受益。"我希望你们能够认真体会这两句话的含义。"倚老卖老",固不足取,"倚少卖少"也同样是值得青年人警惕的。天下万事万物,发展永无穷期。人外有人,天外有天,"老子天下第一"的想法是绝对错误的。你们对我们老祖宗遗留下来的浩如烟海的文学作品必须有深刻的了解。最好能背诵几百首旧诗词和几十篇古文,让它们随时涵蕴于你们心中,低吟于你们口头。这对于你们的文学创作和人文素质的提高,都会有极大的好处。不管你们现在或将来是教书、研究、经商、从政,或者是做专业作家,都是如此,概莫能外。对外国的优秀文学作品,也必实下一番功夫,简练揣摩。这对你们的文学修养是绝不可少的。如果能做到这一步,则你们必然能融会中西,贯通古今,创造出更新更美的作品。

宋代大儒朱子有一首诗,我觉得很有针对性,很有意义,我现在抄给大家:

少年易老学难成,
一寸光阴不可轻。

未觉池塘春草梦，

阶前梧叶已秋声。

这一首诗，不但对青年有教育意义，对我们老年人也同样有教育意义。文字明白如画，用不着过多地解释。光阴，对青年和老年，都是转瞬即逝，必须爱惜。"一寸光阴一寸金，寸金难买寸光阴。"这是我们古人留给我们的两句意义深刻的话。

你们现在是处在"燕园幽梦"中，你们面前是一条阳关大道，是一条铺满了鲜花的阳关大道。你们要在这条大道上走上六十年，七十年，八十年，或者更多年，为人民，为人类做出出类拔萃的贡献。但愿你们永不忘记这一场燕园梦，永远记住自己是一个北大人，一个值得骄傲的北大人，这个名称会带给你们美丽的回忆，带给你们无量的勇气，带给你们奇妙的智慧，带给你们悠远的憧憬。有了这些东西，你们就会自强不息，无往不利，不会虚度此生。这是我的希望，也是我的信念。

一九九八年五月三日

# 如何利用时间

时间就是生命,这是大家都知道的道理。而且时间是一个常数,对谁都一样,谁每天也不会多出一秒半秒。对我们研究学问的人来说,时间尤其珍贵,更要争分夺秒。但是各人的处境不同,对某一些人来说就有一个怎样利用时间的"边角废料"的问题。这个怪名词是我杜撰出来的。时间摸不着看不见,但确实是一个整体,哪里会有什么"边角废料"呢?这只是一个形象的说法。平常我们做工作,如果一整天没有人和事来干扰,你可以从容濡笔,悠然怡然,再佐以龙井一杯,云烟三支,神情宛如神仙,整个时间都是你的,那就根本不存在什么"边角废料"问题。但是有多少人能有这种神仙福气呢?鲁钝如不佞者几十年来就做不到。新中国成立以来,我搞了不知多少社会活动,参加了不知多少会,每天不知有多少人来找,心烦意乱,啼笑皆非。回想十年浩劫期间,我成了"不可接触者",除了蹲牛棚外,在家里也是门可罗雀。《罗摩衍那》译文八巨册就是那时候的产物。难道为了读书写文章就非变成"不可接触者"或者右派不行吗？浩劫一过，我家又是门庭若市，而且参加各种各样的会，终日马不停蹄。我从前读过马雅可夫斯基的《开会迷》和张天翼的《华威先生》，觉得异常可笑，岂意自己现在就成了那一类人物，岂不大可哀哉！但是，人在无可奈何的情况下是能够想出办法来的。现在我既然没有完整的时间，就挖空心思利用时间的"边角废料"。在会前、会后，甚至在会中，构思或动笔写文章。有不少会，讲话空话废话居多，传递的信息量却不大，态度欠端，话风不正，哼哼哈哈，不知所云，又佐之以"这个""那个"，间之以"唵""啊"，白白浪费精力，效果却是很少。在这时候，我往往只用一个耳朵或半个耳朵去听，就能兜住发言的全部信息量，而把剩下的一个耳朵或一个半耳朵全部关闭，把精力集中到脑海里，构思，写文章。当然，在飞机上、火车上、汽车上，甚至自行车上，特别是在步行的时候，我脑海里更是思考不停。这就是我所说的利用时间的"边角废料"。积之既久，养成"恶"习，只要在会场一坐，一闻会味，心花怒放，奇思妙想，联翩飞来；"天才火花"，闪烁不停；此时文思如万斛泉涌，在鼓掌声中，一篇短文即可写成，还耽误不了鼓掌。倘多日不开会，则脑海活动，似将停止，"江郎"仿佛"才尽"。此时我反而期望开会了。这真叫作没有法子。

辑六

# 不完满才是人生

# 人生

在一个人生漫谈的专栏中，首先谈一谈人生，似乎是理所当然的，未可厚非的。

而且我认为，对我来说，这个题目也并不难写。我已经到了望九之年，在人生中已经滚了八十多个春秋了。一天天面对人生，时时刻刻面对人生，让我这样一个世故老人来谈人生，还有什么困难呢？岂不是易如反掌吗？

但是，稍微进一步一琢磨，立即出了疑问：什么叫人生呢？我并不清楚。

不但我不清楚，我看芸芸众生中也没有哪个人真清楚的。古今中外的哲学家谈人生者众矣。什么人生意义，又是什么人生的价值，花样繁多，扑朔迷离，令人眼花缭乱。然而他们说了些什么呢？恐怕连他们自己也是越谈越糊涂。以己之昏昏，焉能使人昭昭！

哲学家的哲学，至矣高矣。但是，恕我大不敬，他们的哲学同吾辈凡人不搭界，让这些哲学，连同它们的家，坐在神圣的殿堂里去独现辉煌吧！像我这样一个凡人，吃饱了饭没事的时候，有时也会想到人生问题。我觉得，我们人的生，都绝对是被动的。没有哪一个人能先制订一个诞生计划，然后再下生，一步步让计划实现。只有一个人是例外，他就是佛祖释迦牟尼。他住在天上，忽然想降生人寰，超度众生。先考虑要降生的国家，再考虑要降生的父母。考虑周详之后，才从容下降。但他是佛祖，不是吾辈凡人。

吾辈凡人的诞生，无一例外，都是被动的，一点主动也没有。我们糊里糊涂地降生，糊里糊涂地成长，有时也会糊里糊涂地夭折，当然也会糊里糊涂地寿登耄耋，像我这样。

生的对立面是死。对于死，我们也基本上是被动的。我们只有那么一点主动权，那就是自杀。但是，这点主动权却是不能随便使用的。除非万不得已，是决不能使用的。

我在上面讲了那么些被动，那么些糊里糊涂，是不是我个人真正欣赏这一套，赞扬这一套呢？否，否，我决不欣赏和赞扬。我只是说了一点实话而已。

正相反，我倒是觉得，我们在被动中，在糊里糊涂中，还是能够有所作为的。我劝人们不妨在吃饱了燕窝鱼翅之后，或者在吃糠咽菜之后，或者在卡拉OK、高尔夫之后，问一问自己：你为什么活着？活着难道就是为了恣睢地享受吗？难道就是为了忍饥受寒吗？问了这些简单的问题之后，会使你头脑清醒一点，会减少一些糊涂。谓予不信，请尝试之。

一九九六年十一月九日

# 再谈人生

人生这样一个变化莫测的万花筒，用千把字来谈，是谈不清楚的。所以来一个再谈。

这一回我想集中谈一下人性的问题。

大家知道，中国哲学史上，有一个不大不小的争论问题：人是性善，还是性恶？这两个提法都源于儒家。孟子主性善，而荀子主性恶。争论了几千年，也没有争论出一个名堂来。

记得鲁迅先生说过：人的本性是，一要生存，二要温饱，三要发展。（记错了，由我负责）这同中国古代一句有名的话，精神完全是一致的：食色，性也。食是为了解决生存和温饱的问题，色是为了解决发展问题，也就是所谓传宗接代。

我看，这不仅仅是人的本性，而且是一切动植物的本性。试放眼观看大千世界，林林总总，哪一个动植物不具备上述三种本性？动物姑且不谈，只拿距离人类更远的植物来说，桃李无言，它们不但不能行动，连发声也发不出来。然而，它们求生存和发展的欲望，却表现得淋漓尽致。桃李等结甜果子的植物，为什么结甜果子呢？无非是想让人和其他能行动的动物吃了甜果子把核带到远的或近的其他地方，落在地上，生入土中，能发芽、开花、结果，达到发展，即传宗接代的目的。

你再观察，一棵小草或其他植物，生在石头缝中，或者甚至压在石头块下，缺水少光，但是它们却以令人震惊得目瞪口呆的毅力，冲破了身上的重压，弯弯曲曲地忍辱负重地长了出来，由细弱变为强硬，由一根细苗甚至变成一棵大树，再作为一个独立体，继续顽强地实现那三种本性。下自成蹊，就是无言的结果吧。

你还可以观察，世界上任何动植物，如果放纵地仜其发挥自己的本性，则在不太长的时间内，哪一种动植物也能长满塞满我们生存的这一个小小的星球地球。那些已绝种或现在濒临绝种的动植物，属于另一个范畴，另有其原因，我以后还会谈到。

那么，为什么到现在还没有哪一种动植物包括万物之灵的人类在内能塞满了地球呢？

在这里，我要引老子的话：天地不仁，以万物为刍狗。是造化小儿谁也不知道，他究竟有没有？他究竟是什么样子？我不信什么上帝，什么老天爷，什么大梵天，宇宙间没有他们存在的地方。

但是,冥冥中似乎应该有这一类的东西,是他或它巧妙计算,不让动植物的本性光合得逞。

一九九六年十一月

# 三论人生

上一篇《再论人生》戛然而止,显然没有能把话说完,所以再来一篇《三论人生》。

造化小儿对禽兽和人类似乎有点区别对待的意思。它给你生存的本能,同时又遏制这种本能,手法颇多。制造一个对立面似乎就是手法之一,比如制造了老鼠,又制造它的天敌猫。

对于人类,它似乎有点优待。它先赋予人类思想(动物有没有思想和言语是一个有争论的问题),又赋予人类良知良能。关于人类本性,我在上面已经谈到。我不大相信什么良知,什么恻隐之心,人皆有之;但是我又无从反驳。古人说:人之所以异于禽兽者几希。几希者,极少极少之谓也。即使是极少极少,总还是有的。我个人胡思乱想,我觉得,在对待生物的生存、温饱、发展的本性的态度上,就存在着一点点几希。

我们观察,老虎、狮子等猛兽,饿了就要吃别的动物,包括人在内。它们决没有什么恻隐之心,决没有什么良知。吃的时候,它们也决不会像人吃人的时候那样,有时还会捏造一些我必须吃你的道理,做好思想工作。它们只是吃开了,吃饱为止。人类则有所不同。人与人当然也不会完全一样。有的人确实能够遏制自己的求生本能,表现出一定的良知和一定的恻隐之心。古往今来的许多仁人志士,都是这方面的好榜样。他们为什么能为国捐躯?为什么能为了救别人而牺牲自己的性命?鲁迅先生所说的中国的脊梁,就是这样的人。孟子所谓的浩然之气,只有这样的人能有。禽兽中是决不会有什么脊梁,有什么浩然之气的,这就叫作几希。

但是人也不能一概而论,有的人能够做到,有的人就做不到。像曹操说:宁教我负天下人,休教天下人负我!他怎能做到这一步呢?

说到这里,就涉及伦理道德问题。我没有研究过伦理学,不知道怎样给道德下定义。我认为,能为国家,为人民,为他人着想而遏制自己的本性的,就是有道德的人。能够百分之六十为他人着想,百分之四十为自己着想,他就是一个及格的好人。为他人着想的百分比越高越好,道德水平越高。百分之百,所谓毫不利己,专门利人的人是绝无仅有。反之,为自己着想而不为他人着想的百分比,越高越坏。到了曹操那样,就算是坏到了顶。毫不利人,专门利己的人,普天之下倒是不老少的。说这话,有点泄气。无奈这是事实,我有什么办法?

一九九六年十一月十三日

# 当时只道是寻常

这是一句非常明白易懂的话,却道出了几乎人人都有的感觉。所谓"当时"者,指人生过去的某一个阶段。处在这个阶段中时,觉得过日子也不过如此,是很寻常的。过了十几二十年或者更长的时间,回头一看,当时实在有不寻常者在。因此有人,特别是老年人,喜欢在回忆中生活。

在中国,这种情况更比较突出,魏晋时代的人喜欢做"羲皇上人"。这是一种什么心理呢?"鸡犬之声相闻,而老死不相往来",真就那么好吗?人类最初不会种地,只是采集植物,猎获动物,以此为生。生活是十分艰苦的。这样的生活有什么可向往的呢!

然而,根据我个人的经验,发思古之幽情,几乎是每个人都有的。到了今天,沧海桑田,世界有多少次巨大的变化。人们思古的情绪却依然没变。我举一个具体的例子。十几年前,我重访了我曾待过十年的德国哥廷根。我的老师瓦尔德施米特教授夫妇都还健在。但已今非昔比，房子捐给梵学研究所，汽车也已卖掉。他们只有一个独生子，二战中阵亡。此时老夫妇二人孤零零地住在一座十分豪华的养老院里。院里设备十分齐全，游泳池、网球场等一应俱全。但是，这些设备对七八十岁、八九十岁的老人有什么用处呢？让老人们触目惊心的是，每隔一段时间就有某一个房号空了出来，主人见上帝去了。这对老人们的刺激之大是不言而喻的。我的来临大出教授的意料，他简直有点喜不自胜的意味。夫人摆出了当年我在哥廷根时常吃的点心。教授仿佛返老还童，回到了当年去了。他笑着说："让我们好好地过一过当年过的日子，说一说当年常说的话！"我含着眼泪离开了教授夫妇，嘴里说着连自己都不相信的话："过一两年，我还会来看你们的。"

我的德国老师不会懂"当时只道是寻常"的隐含的意蕴，但是古今中外人士所共有的这种怀旧追忆的情绪却是有的。这种情绪通过我上面描述的情况完全流露出来了。

仔细分析起来，"当时"是很不相同的。国王有国王的"当时"，有钱人有有钱人的"当时"，平头老百姓有平头老百姓的"当时"。在李煜眼中，"当时"是车如流水马如龙，花月正春风游上林苑的"当时"。对此，他没有别的办法，只有哀叹"天上人间"了。

我不想对这个概念再进行过多的分析。本来是明明白白的一点真理，过多的分析反而会使它迷离模糊起来。我现在想对自己提出一个怪问题：你对我们的现在，也就是眼前这个现在，感觉到是寻常呢，还是不寻常？这个"现在"，若干年后也会成为"当时"的。到了那时候，我们会不会说"当时只道是寻常"呢？现在无法预言。现在我住在医院中，享受极高的待遇。应该说，没有什么不满足的地方。但是，倘若扪心自问："你认为是寻常呢，还是不寻常？"我真有点说不出，也许只有到了若干年后，我才能说："当时只道是寻常。"

二〇〇三年六月二十日

# 我的座右铭

多少年以来，我的座右铭一直是：

纵浪大化中，不喜亦不惧。

应尽便须尽，无复独多虑。

老老实实的、朴朴素素的四句陶诗，几乎用不着任何解释。

我是怎样实行这个座右铭的呢？无非是顺其自然，随遇而安而已，没有什么奇招。

"应尽便须尽，无复独多虑。"（到了应该死的时候，你就去死，用不着左思右想）这句话应该是关键性的。但是在我几十年的风华正茂的期间内，"尽"什么的是很难想到的。在这期间，我当然既走过阳关大道，也走过独木小桥。即使在走独木桥时，好像路上铺的全是玫瑰花，没有荆棘。这与"尽"

的距离太远太远了。

到了现在,自己已经九十多岁了。离人生的尽头,不会太远了。我在这时候,根据座右铭的精神,处之泰然,随遇而安。我认为,这是唯一正确的态度。

我不是医生,我想贸然提出一个想法。所谓老年忧郁症恐怕十有八九同我上面提出的看法有关,怎样治疗这种病症呢?我本来想用"无可奉告"来答复。但是,这未免太简慢,于是改写一首打油诗,题曰"无题":

人生在世一百年,天天有些小麻烦,

最好办法是不理,只等秋风过耳边。

# 那提心吊胆的一年

这已经是过去的事情了。现在旧事重提,好像是捡起一面古镜,用这一面古镜照一照今天,才更能显出今天的光彩焕发。

二十多年以前,我在大学里学习了四年西方语言文学以后,带着满脑袋的荷马、但丁、莎士比亚和歌德,回到故乡母校高级中学去当国文教员。

当我走进学校大门的时候,我的心情是复杂的,可以说是一则以喜,一则以惧。喜的是我终于抓到了一个饭碗,这简直是绝处逢生;惧的是我比较熟悉的那一套东西现在用不上了,现在要往脑袋里面装屈原、李白和杜甫。

从一开始接洽这个工作,我脑子里就有一个问号:在那找饭碗如登天的时代里,为什么竟有一个饭碗自动地送上门来?我预感到这里面隐藏着什么危险的东西。但是,没有饭碗,就吃不成饭,我抱着铤而走险的心情想试一试再说。到了学校,才逐渐从别人的谈话中了解到，原来是校长想把本校的毕业生组织起来，好在对敌斗争中为他助一臂之力。我是第一届甲班的毕业生，又捞到一张一个著名的大学的毕业证书，因此就被他看中，邀我来教书。英文教员满了额，就只好让我教国文。

就教国文吧。我反正是瘸子掉在井里，捞起来也是坐。只要有人敢请我，我就敢教。

但是，问题却没有这样简单。我要教三个年级的三个班，备课要顾三头，而且都是古典文学作品。我小时候虽然念过一些《诗经》《楚辞》，但是时间隔了这样久，早已忘得差不多了。现在要教人，自己就要先弄懂。可是，真正弄懂又不是一件轻而易举的事情。现在教国文的同事都是我从前的教员，我本来应该可以向他们请教的。但是，根据我的观察，现在我们之间的关系变了：不再是师生，而是饭碗的争夺者。在他们的眼中，我几乎是一个眼中钉。即使我问他们，他们也不会告诉我的。我只好一个人单干。我日夜抱着一部《辞源》，加紧备课。有的典故查不到，就成天半夜地绕室彷徨。窗外校园极美，正盛开着木槿花。在暗夜中，阵阵幽香破窗而入。整个宇宙都静了下来，只有我一个人还不能宁静。我仿佛为人所遗弃，很想到什么地方去哭上一场。

我的老师们也并不是全不关心他们的学生。我第一次上课以前，他们告诉我，先要把学生的名字都看上一遍，学生名字里常常出现一些十分生僻的字，有的话就查一查《康熙字典》。如果第一堂就念不出学生的名字，在学生心目中这个教员就毫无威信，不容易当下去，影响到饭碗。如果临时发现了不认识的名字，就不要点这个名。点完后只需问上一声："还有没点到名的同学吗？"那一个学生一定会举手站起来。然后再问一声："你叫什么名字呀？"他自己一报名，你也就认识了那一个字。如此等等，威信就可以保得十足。

这虽是小小的一招，我却是由衷感激。我教的三个班果然有几个学生的名字连《辞源》上都查不到。如果没有这一招，我的威信恐怕一开始就破了产，连一年教员也当不成了。

可是课堂上也并不总是平静无事。我的学生有的比我还大，从小就在家里念私塾，旧书念得很不少。有一个学生曾对我说："老师，我比你大五岁哩。"说罢嘿嘿一笑，我觉得里面有威胁，有嘲笑。比我大五岁，又有什么办法呢？我这老师反正还要当下去。

当时好像有一种风气：教员一定要无所不知。学生以此要求教员，教员也以此自居。在课堂上，教员绝不能承认自己讲错了，绝不能有什么问题答不出，否则就将为学生所讥笑。但是像我当时那样刚从外语系毕业的大娃娃教国文怎能完全讲对呢？怎能完全回答同学们提出来的问题呢？有时候，只好王顾左右而言他；被逼得紧了，就硬着头皮，乱说一通。学生究竟相信不相信，我不清楚。反正他们也不是傻子，老师究竟多轻多重，他们心中有数。我自己十分痛苦。下班回到寝室，思前想后，坐立不安。孤苦寂寥之感又突然袭来，我又仿佛为人们遗弃，想到什么地方去哭上一场。

别的教员怎样呢？他们也许都有自己的烦恼，家家有一本难念的经。但是有几个人却是整天满面春风，十分愉快。我有时候也从别人嘴里听到一些风言风语，说某某人陪校长太太打麻将了，某某人给校长送礼了，某某人请校长夫妇吃饭了。

我立刻想到自己的饭碗，也想学习他们一下。但是却来了问题：买礼物，准备酒席，都不是极困难的事情。可是，怎样送给人家呢？怎样请人家呢？如果只说："这是礼物，我要送给你。"或者："我要请你吃饭。"虽然也难免心跳脸红，但是我自问还干得了。可是，这显然是不行的，事情并没有这样简单，一定还要耍些花样。这就是我力所不能及的事情了。我在自己屋里，再三考虑，甚至自我表演，暗诵台词。最后，我只有承认，我在这方面缺少天才，只好作罢。我仿佛看到自己手里的饭碗已经有点飘动，我真想到什么地方去哭上一场。

就这样，半年过去了。到了放寒假的时候，一位河南籍的物理教员，因为靠山教育厅的一位科长垮了台，就要被解聘。校长已经托人暗示给他，他虽然没有出路，也只有忍痛辞职。我们校长听了，故意装得大为震惊，三番两次到这位教员屋里去挽留，甚至声泪俱下，最后还表示要与他共进退。我最初只是一位旁观者，站在旁边看校长的艺术，欣赏他的表演天才。但是，看来看去，我自己竟糊涂起来，我被校长的真挚态度感动了。我也自动地变成演员，帮着校长挽留他。那位教员阅历究竟比我深，他不为所动，还是卷了铺盖。因为他知道，连他的继任人选都已经安排好了。

我又长了一番见识，暗暗地责备自己糊涂。同时，我也不寒而栗，将来会不会有一天校长也要同我"共进退"呢？

也就是在这时候，校长大概逐渐发现，在我这个人身上，他失了眼力，看错了人。我到了学校以后，虽然也在别人的帮助（毋宁说是牵引）下，把高中毕业同学组织起来，并且被选为什么主席。但是，从那以后，就一点活动也没有。我确实不知道，应该活动一些什么。虽然我绞尽脑汁，办法就是想不出。这样当然与校长原意相违了。他表面上待我还客客气气，只是有一次在有意和无意之间他对我说："你很安静。"什么叫作"安静"呢？别人恐怕很难体会这两个字的意思，我却是能体会的。我回到寝室，又绕室彷徨。"安静"两个字给我以大威胁。我的饭碗好像就与这两个字有关。我又仿佛为人所遗弃，想到什么地方去哭上一场。

春天早过，夏天又来，这正是中学教员最紧张的时候。在教员休息室里，经常听到一些窃窃私语："拿到了没有？"不用说拿到什么，大家都了解，这指的是下学期的聘书。有的神色自若，微笑不答。这都是有办法的人，与校长关系密切，或者属于校长的基本队伍。只要校长在，他们绝不会丢掉饭碗。有的就是神色仓皇，举止失措。这样的人没有靠山，饭碗掌握在别人手里，命定是一年一度紧张。我把自己归入这一类。我的神色如何，自己看不见，但是心情自己是知道的。校长给我下的断语"安静"，我觉得，就已经决定了我的命运。但我还侥幸有万一的幻想，因此在仓皇中还有一点镇静。

但是，这镇静是不可靠的。我心里的滋味实际上同一年前大学将要毕业时差不多。我见了人，不禁也窃窃私语："拿到了没有？"我不喜欢那些神色自若的人。我只愿意接近那些神色仓皇的人，只有对这一些人我才有同病相怜之感。

这时候，校园更加美丽了。木槿花虽还开放，但已经长满了绿油油的大叶子。玫瑰花开得一丛一丛的，池塘里的水浮莲已经开出黄色的花朵。"小园香径独徘徊"，是颇有诗意的。可惜我什么诗意都没有。我耳边只有一个声音："拿到了没有?"我觉得,大地茫茫,就是没有我的容身之处。我又想到什么地方去哭上一场。

这事情已经过去了二十多年。但是,每一回忆起那提心吊胆的情况,就历历如在眼前,我真是永世难忘。现在把它写了出来,算是送给今年毕业同学的一件礼物,送给他们一面镜子。在这里面,可以照见过去与现在,可以照出自己应该走的道路。

一九六三年七月二十一日

# 不完满才是人生

　　每个人都争取一个完满的人生。然而，自古及今，海内海外，一个百分之百完满的人生是没有的。所以我说，不完满才是人生。

　　关于这一点，古今的民间谚语、文人诗句，说到的很多很多。最常见的比如苏东坡的词："人有悲欢离合，月有阴晴圆缺，此事古难全。"南宋方岳（根据吴小如先生考证）诗句："不如意事常八九，可与语人无二三。"这都是我们时常引用的，脍炙人口的。类似的例子还能够举出成百上千来。

　　这种说法适用于一切人，旧社会的皇帝老爷子也包括在里面。他们君临天下，率土之滨，莫非王土，可以为所欲为，杀人灭族，小事一桩。按理说，他们不应该有什么不如意的事。然而，实际上，王位继承，宫廷斗争，比民间残酷万倍。他们威仪俨然地坐在宝座上，如坐针毡。虽然捏造了龙驭上宾这种神话，然而他们自己也并不相信。他们想方设法以求得长生不老，他们最怕"一旦魂断，宫车晚出"，连英主如汉武帝、唐太宗之辈也不能免俗。汉武帝造承露金盘，妄想饮仙露以长生；唐太宗服印度婆罗门的灵药，期望借此以不死。结果，事与愿违，仍然是龙驭上宾呜呼哀哉了。

在这些皇帝手下的大臣们，一人之下，万人之上，权力极大，骄纵恣肆，贪赃枉法，无所不至。在这一类人中，好东西大概极少，否则包公和海瑞等绝不会流芳千古，久垂宇宙了。可这些人到了皇帝跟前，只是一些奴才，常言道：伴君如伴虎，可见他们的日子并不好过。据说明朝的大臣上朝时在笏板上夹带一点鹤顶红，一旦皇恩浩荡，钦赐极刑，连忙用舌尖舔一点鹤顶红，立即涅槃，落得一个全尸。可见这一批人的日子也并不好过，谈不到什么完满的人生。

至于我辈平头老百姓，日子就更难过了。新中国成立前后，不能说没有区别，可是一直到今天仍然是不如意事常八九。早晨在早市上被小贩宰了一刀；在公共汽车上被扒手割了包，踩了人一下，或者被人踩了一下，根本不会说对不起了，代之以对骂，或者甚至演出全武行；到了商店，难免买到假冒伪劣的商品，又得生一肚子气⋯⋯谁能说，我们的人生多是完满的呢？

再说到我们这一批手无缚鸡之力的知识分子，在历史上一生中就难得过上几天好日子。只一个考字，就能让你谈考色变。考者，考试也。在旧社会科举时代，千军万马过独木桥，要上进，只有科举一途，你只需读一读吴敬梓的《儒林外史》，就能淋漓尽致地了解到科举的情况。以周进和范进为代表的那一批举人进士，其窘态难道还不能让你胆战心惊、啼笑皆非吗？

现在我们运气好，得生于新社会中。然而那一个考字，宛如如来佛的手掌，你别想逃脱得了。幼儿园升小学，考；小学升初中，考；初中升高中，考；高中升大学，考；大学毕业想当硕士，考；硕士想当博士，考。考，考，考，变成烤，烤，烤；一直到知命之年，厄运仍然难免，现代知识分子落到这一张密而不漏的天网中，无所逃于天地之间，我们的人生还谈什么完满呢？

灾难并不限于知识分子：人人有一本难念的经。所以我说不完满才是人生。这是一个平凡的真理；但是真能了解其中的意义，对己对人都有好处。对己，可以不烦不躁；对人，可以互相谅解。这会大大地有利于整个社会的安定团结。

一九九八年八月二十日

图书在版编目（CIP）数据

人间，是好玩的 / 季羡林著. -- 杭州 : 浙江教育出版社, 2025. 5. -- ISBN 978-7-5722-9520-1

Ⅰ. I267

中国国家版本馆 CIP 数据核字第 20257U393C 号

## 人间，是好玩的
RENJIAN, SHI HAOWAN DE

季羡林　著

责任编辑：赵清刚
美术编辑：韩　波
责任校对：马立改
责任印务：时小娟
出版发行：浙江教育出版社
　　　　　（杭州市环城北路 177 号　电话：0571-88900883）
印　　刷：三河市中晟雅豪印务有限公司
开　　本：880mm×1230mm　1/32
成品尺寸：145mm×210mm
印　　张：7.25
字　　数：125000
版　　次：2025 年 5 月第 1 版
印　　次：2025 年 5 月第 1 次印刷
标准书号：ISBN 978-7-5722-9520-1
定　　价：55.00 元

如发现印装质量问题，影响阅读，请联系 010-82069336。